PEG
PAG

Copyright © 2022
Alonso Alvarez

Copyright © desta edição
Editora Iluminuras Ltda.

Capa e *Projeto gráfico*
Eder Cardoso/ Iluminuras

Revisão
Ana Maria Barbosa

[*As situações e os personagens desta obra são ficcionais.*]

CIP-BRASIL. CATALOGAÇÃO NA PUBLICAÇÃO
SINDICATO NACIONAL DOS EDITORES DE LIVROS, RJ
A474p

    Alvarez, Alonso
        Peg pag / Alonso Alvarez. - 1. ed. - São Paulo : Iluminuras, 2022.
        192 p. ; 23 cm.

    ISBN 978-65-5519-158-5

    1. Ficção brasileira. I. Título.

22-78232   CDD: 869.3
                    CDU: 82-3(81)

Gabriela Faray Ferreira Lopes - Bibliotecária - CRB-7/6643

2022
EDITORA ILUMINURAS LTDA.
Rua Inácio Pereira da Rocha, 389
05432-011 - São Paulo - SP - Brasil
Tel. / Fax: 55 11 3031-6161
iluminuras@iluminuras.com.br
www.iluminuras.com.br

*"Testemunhar o seu tempo — respondi a um jovem
que me perguntava qual a função do escritor."*

Lygia Fagundes Telles

1.

(Quarta-feira, 20h06)

Rubem Glück estava com pressa, mas evitava parar na vaga preferencial. Fazia parte da regra não infringir leis e nem chamar a atenção, pois, como sempre, chegava silenciosamente dirigindo a sua Tucson preta. Também não podia ficar dando várias voltas no estacionamento atrás de uma boa vaga. Era recomendável não parar em lugar muito iluminado.

Desceu sem causar suspeita, como sempre, à vontade em seu corpo de trinta e quatro anos, um metro e oitenta de altura, magro, nada atlético, mas saudável; cabelos negros, fartos e aparados. Vestia uma roupa informal e simples, neutra: calça jeans, camisa preta, tênis preto de sola branca. Raramente dava o golpe usando algum tecido estampado, nem gostava de se vestir assim. A tatuagem no antebraço esquerdo estava sempre escondida sob a manga comprida da camisa.

Nessa noite de quarta, dia de jogo, ele não podia demorar. Precisava ser rápido, ágil e ter sorte.

Não deu para escolher outro supermercado. Teve que ser naquele, e logo aquele que sempre estava muito cheio. Por um lado, era bom: a multidão o protegia e seria fácil de encontrar a sua vítima. Mas era a terceira vez no mês que ele se arriscava nesse supermercado perto do bairro onde morava e ainda tinha que responder a um monte de perguntas no caixa antes e após passar os produtos e pagar. Uma das regras o proibia de expor as suas preferências: compra despersonalizada, sem deixar vestígios. Apenas gentil, com um mero "boa-tarde" ou "boa-noite", um simples "sim" ou "não". Sem cortesias exageradas, opiniões sobre o tempo, política e futebol.

"É cliente M? CPF na nota? Não vai informar o CPF? Vai querer sacola de plástico? Vai participar do concurso? Vai querer selo de desconto? Vai validar o tíquete do estacionamento? Passou de uma hora? Quer aproveitar e doar os centavos do troco para a caridade?"

"Não. Não. Não. Não. Não. Não. Não. Não. Não."

A atendente no caixa o olhou de viés com algum espanto juvenil no rosto. Por um instante, ele se alarmou. Teria sido imprudente?

Se no seu ofício ele era rigoroso para inventar histórias, não seria uma garota com aparelho nos dentes, cabelo preso com tiara, vestindo uma camiseta laranja com a promoção do mês na estampa, que haveria de causar algum embaraço ao seu golpe, havia anos tão bem inventado, planejado e executado. Com certeza, nunca a tinha visto ou ela o atendera antes.

Ela então se percebeu indiscreta, ficou sem jeito e tratou de passar a embalagem com o aparelho de depilar Gillette recarregável Venus Breeze pelo leitor de código de barras. Em seguida, esticou o braço para alcançar o pacote de tofu.

"Tofu?!"

Foi então que ele olhou para as coisas que já havia tirado do carrinho, sem examinar, como sempre fazia (outra regra: passar tudo, sem olhar), e observou que dessa vez aquela compra só poderia ser de uma pessoa vegana. Até gostou da surpresa e da oportunidade de experimentar essa culinária. Virou-se e olhou para a ex-dona do carrinho, ainda entretida na seção das frutas escolhendo bananas.

Mesmo distante, imaginou o aroma das bananas se misturando ao perfume do corpo dela, alvo, jovem, pequeno, frágil e magro, enfiado num vestido curtíssimo, verde-folha, estampado com bolinhas brancas, pendurado apenas por duas alças, finas e brancas, ameaçando escorregar dos ombros salpicado com sardas. Calçava sandálias, sem esmalte nas unhas; o cabelo ruivo, farto e comprido, quase na cintura, solto, que ela afastava com delicadeza para trás das orelhas enquanto escolhia as bananas.

Nunca tinha lhe acontecido isso, mas enquanto a operadora do caixa passava os produtos, ele admirava a jovem vegana que, à distância, misturava ao verde e amarelo o seu vermelho-fogo e se movia com leveza.

Ficou com vontade de conhecê-la. Poderia simplesmente colocar tudo de volta no carrinho, se aproximar e perguntar se o carrinho era dela, que o encontrara abandonado ali por perto. Mas a regra era clara: nada de contato. Nunca. Deveria pagar a compra e ir embora, sem olhar para trás.

Dispensou as sacolas de plástico e colocou toda a compra dentro de uma caixa de papelão vazia que encontrou perto do caixa. Não era muita coisa, mas o suficiente para dar conta da sua fome e deixá-lo alimentado durante o jogo de futebol na TV. E não se incomodou por lembrar que faria a barba, na manhã seguinte, com o aparelho de depilação da vegana do cabelo de fogo.

Recusou os selinhos da promoção e, como sempre, pagou com dinheiro. A regra era nunca pagar com cartão de crédito ou débito; compra sem identificação, sem deixar rastro.

Rubem Glück avistou pela última vez a jovem vegana, que agora olhava ao redor procurando o seu carrinho, com um cacho de banana-da-terra nas mãos. E se foi.

2.

A vitória do seu time juntou-se ao possível gosto de moqueca de banana-da-terra na boca e à jovem ruiva nos pensamentos. Enquanto assistia o time vencer por dois a zero, deu um Google no celular para ver o que daria para fazer com os ingredientes que trouxera na pequena caixa, a compra que furtara da vegana. Achou estranha uma das receitas, mas se fixou numa outra, apetitosa:

Moqueca de banana-da-terra

azeite de oliva extravirgem
pimentão vermelho
cebola
tomate
dente de alho
gengibre
pimenta dedo-de-moça
leite de coco
azeite de dendê
coentro
cebolinha
cenoura ralada
açafrão em pó
farinha de mandioca grossa

E mais as bananas-da-terra, que ela estava escolhendo na seção das frutas, quando se distraiu do carrinho e ele aproveitou a oportunidade para furtá-lo.

Na foto, no site de culinária vegana, a moqueca parecia bem saborosa. Talvez um vinho branco gelado fosse uma boa companhia, ele imaginou. Mas uma boa companhia mesmo seria a jovem vegana, à luz de velas. E suspirou.

Despertou da imaginação com o grito de mais um gol na TV e sorveu um gole de cerveja gelada, enquanto beliscava pedaços de tofu com azeite e sal.

Logo voltou a pensar nela, a recordar o seu corpo, a sua altura, pois a viu rapidamente, enquanto passava os produtos pelo caixa. A cor dos seus olhos, de onde estava, não deu para ver. Nem se usava aliança. Nem percebera se alguém estava com ela; talvez o namorado, também vegano, estivesse em outra seção, escolhendo grãos, ou comprando a bebida para harmonizar com a moqueca. Sentiu inveja do provável amante, mas lhe pareceu que ela estivesse mesmo sozinha fazendo compras; tinha essa leveza.

Imaginou então a surpresa que ela tivera ao se virar com as bananas-da-terra nas mãos e não encontrar mais o carrinho com as compras. Certamente gastara muito tempo para selecionar os produtos, pois ela deveria ser do tipo de pessoa que não deixa de ler a data de validade, de conferir a lista dos ingredientes e, diante de alguma dúvida, dar um Google para saber mais sobre o produto e a marca.

Ele continuou a imaginá-la perdida, atônita, andando pelos corredores, passando com nojo na seção de embutidos e com mais asco ainda entre as geladeiras com pedaços de frangos congelados e filés de boi ensacados em plásticos, procurando o carrinho com os produtos que escolhera, até se dar conta e se chatear com a constatação de que teria que refazer todas as escolhas. E aí olhar o relógio, ou não olhar e não se chatear, pois do jeito leve e delicado que ela escolhia as bananas-da-terra, parecia ter toda a poesia do mundo na alma e nenhuma razão para sofrer com um carrinho de compras desaparecido.

3.

Escolher o mercado exigia seguir as regras. Dependia da fome, de algum desejo, da urgência. No máximo duas vezes por semana. Colheita era como ele se referia ao hábito, ou vício, ou necessidade, pois só conseguia abastecer a despensa e se alimentar dessa maneira. Um jeito cômodo e prático que encontrou para compensar a incapacidade que o atormentava já na adolescência, quando saiu da casa dos pais e foi morar sozinho para cursar a faculdade de letras: ter que comprar coisas para sobreviver e para isso ter que escolher cada uma delas em prateleiras abarrotadas de outras coisas semelhantes, com marcas diferentes, e o pior, escolher frutas, legumes e saladas. Como saber se o abacaxi está maduro ou o pé de alface fresco?

Supermercados não faltavam numa cidade como São Paulo. Para que o golpe de Rubem desse certo, eram indispensáveis o tamanho da clientela e a grande oferta de produtos.

Dois meses atrás ele resolveu fazer uma pequena festa no apartamento para alguns amigos. Marcou para o final de semana após um feriado. E exatamente na véspera do feriado, escolheu um supermercado que ficava na rota da praia. Viu-se num tsunami de carrinhos transbordando todo tipo de produtos necessários para fazer um bom churrasco. Ele nunca saberia escolher o sal grosso, tampouco as carnes e as linguiças.

Avistou um casal de obesos, entre tantos outros. Ele, de bermuda, carteira gorda no bolso fazendo volume, camiseta do time e sandálias de borracha. Ela, com o maiô por baixo de um vestido que terminava na altura dos joelhos e escondia boa parte das celulites e veias, calçando uma sapatilha apertada, carregando uma bolsa de tecido com estampas de um candidato vitorioso a presidente do país. Os dois com óculos escuros, que levantavam dos olhos apenas para ver os preços dos produtos, sem dar a mínima para a data de validade.

Enquanto o casal obeso trocava insultos porque ela estava demorando para escolher a cerveja sem álcool para a mãe, Rubem viu surgir a oportunidade de se aproximar do carrinho abarrotado de ingredientes para um churrasco, incluindo a bebida e, sem hesitar, tomou a sua direção. Depois de aguardar cerca de quinze minutos na fila para pagar, sorriu com a escolha certa: o operador do caixa passava os itens no leitor de código de barras para cobrar e ele comprovava que tinha tudo o que era necessário para um saboroso churrasco, incluindo a cerveja.

Ao mesmo tempo que pagava com dinheiro, sempre com dinheiro, avistou o casal obeso se insultando novamente porque o carrinho desaparecera. Ela, com as latinhas de cerveja sem álcool nas mãos, culpava o marido por ter perdido o carrinho, enquanto ele, com os óculos escuros na testa, girava seu enorme e largo corpo para ver se o encontrava.

Como sempre, de acordo com as regras, depois de pagar ele foi embora com as três caixas de papelão cheias de compras. Estava feliz, e a colheita tinha sido rápida. Nem precisou validar o ticket do estacionamento.

4.

Na cozinha, sobre a pia, num canto perto do liquidificador, ele deixou a caixa com as compras da vegana e, pelo wi-fi, imprimiu a receita da moqueca de banana-da-terra que encontrou na internet. Se chegasse alguém, ele precisava ter algo para justificar a compra daqueles produtos. Sempre fazia isso para evitar suspeitas.

Bebeu o último gole de cerveja e foi tomar um banho. Antes, no caminho para o quarto, quando entrou no corredor, encontrou na mesinha as cartas que estavam debaixo da porta quando chegou: contas e uma embalagem da editora. Já sabia o que era e a jogou na cama para abrir depois do banho.

5.

(Quinta)

Na manhã seguinte, em frente ao espelho, na hora de se barbear, pegou o aparelho rosa. Enquanto o tirava da embalagem de plástico, recordou da jovem com cabelo comprido e vermelho, vestido verde curto e sandálias. Passou a espuma no rosto e, conforme se barbeava, voltou a se lembrar da vegana com as bananas nas mãos procurando o carrinho desaparecido. Sorriu.

Ao passar a loção pós-barba, encarou-se no espelho e se viu atraído por ela, com muita vontade de reencontrá-la. De onde a observara, calculou que ela tivesse um metro e sessenta e pouco de altura e notara no braço esquerdo, perto do ombro, uma tatuagem. Rubem curtia mulheres tatuadas e canhotas — teve quase certeza de que a vegana escolhia as bananas com a mão esquerda.

Foi para o quarto se vestir. Tinha uma reunião na editora. Lembrou-se do pacote, mas estava atrasado.

6.

No caminho, ao parar nos semáforos, ele espiou a rede social, onde acompanhava a rotina de amigos, parentes e até de desconhecidos, que depois de uma dezena de fotos e selfies pareciam conhecidos antigos. Aproveitou para ver a postagem diária de sua editora, Virgínia Silveira, que normalmente acontecia entre uma e três da manhã. Divorciada, vivia sozinha, e as postagens revelavam que ela atravessava alguma solidão. O trabalho intenso no escritório da editora a ajudava a sofrer menos. À noite, o vazio ao lado na cama a transformava num fantasma insone à procura de outros fantasmas nas redes sociais.

Eram boas as reuniões com ela. Ele apreciava as suas opiniões quando terminava de ler um original novo seu. Gostava principalmente das mãos dela, pequenas, unhas com esmalte azul, cor que ela tinha mania de usar. Gostava de vê-la gesticulando sobre trechos da história, de anotar, de digitar com rapidez, usando os polegares, mensagens no celular, de folhear um livro, de imaginar aquelas mãos tocando-o.

Talvez ela soubesse das vontades dele. Às vezes, parava de dar a sua opinião sobre algo, alguma sugestão de corte ou ajuste, e o encarava, como se estivesse recordando que nas noites de insônia, com o original dele no colo, na cama, o abajur aceso, chegara a desejá-lo.

Naquela manhã, ela postou uma pintura de Hamish Blakely: uma mulher nua, de costas, sentada na cama, a pele ardendo de desejo com nuances de solidão. Ele a imaginou assim, na mesma pose, à noite, em sua cama. Virgínia gostava de arte erótica, o que, para ele, a humanizava mais ainda. Nas reuniões, ele a via com o frescor daquelas pinturas, quase sempre a óleo, postadas nas noites em claro, e isso lhe adicionava uma camada de erotismo que a deixava mais atraente.

Estava indo encontrá-la para conversar sobre o último tratamento de seu novo romance juvenil.

Rubem Glück era escritor de livros para adolescentes. E sabia que mais uma vez ela comentaria a falta de um vilão na aventura. Ele, como sempre, alegaria que era incompetente para criar um personagem do mal. Os seus livros vendiam muito nas livrarias e eram adotados em várias escolas. Contratualmente, a editora era proibida de inscrever seus livros em editais de qualquer tipo de governo. Ele justificava que queria público, e não dinheiro público.

7.

Ao chegar à editora, foi direto para a sala de Virgínia. Ela o esperava em sua mesa. Levantou-se para cumprimentá-lo com um beijo no rosto e pediu para a secretária providenciar dois cafés. Cobria parte do corpo com um vestido curto, azul-celeste. Sandálias pretas de salto alto deixavam seus pés e unhas à mostra.

Ao sentar-se, ele notou que o original do novo livro sobre a mesa estava com o carimbo da avaliação: o.k. Ficou feliz e aliviado.

Ela o encarou:

— A história está ótima, mas acho que teremos reações sobre algumas partes — disse, dando de ombros, como sempre fazia.

— Literatura é isso — ele observou, com convicção.

— Vamos fazer um lançamento diferente — ela disse. — Tempos de intolerância e polarização política. A aventura também alcança um público adulto, os seus livros sempre foram lidos também por eles.

Ele sorriu, mas estava distraído, pensando numa frase para escrever na sessão de autógrafos. Teria que ser especial, pois o livro tocava em várias contradições que as paixões ideológicas negligenciavam.

8.

(Dois dias depois, sábado)

Rubem Glück despertou subitamente com o barulho na entrada do apartamento. O som foi alto, seco e violento. Uma pancada única, pesada, escancarou a porta e a projetou contra a parede. Em seguida, passos pesados e cautelosos avançaram pelo corredor. Em alguns segundos o foco de uma lanterna o iluminou ainda na cama, assustado com outras luzes vasculhando o quarto.

Puxaram-no da cama com força e o jogaram no chão. Foi algemado, encapuzado e imediatamente puxado para fora do quarto, do apartamento, do elevador, da garagem, do prédio, tudo isso de forma tão rápida que nem deu tempo de juntar curiosos na calçada.

Seguiu no banco de trás de um sedan preto com vidros escuros que atravessou sem alarde o bairro onde ele morava, mas não respeitando nenhum sinal vermelho. Os quatro policiais dentro do carro não trocavam uma palavra e não tiravam os olhos dele.

9.

Sem relógio e sem celular, ainda de pijama, Rubem Glück perdera a noção do tempo dentro da pequena sala sem janelas e com a porta trancada. Sentou-se no chão, num canto, embora ali houvesse uma mesa com três cadeiras. Pendia do teto um lustre desses que se vê em filmes policiais. Chegou a sorrir com a constatação. Ele via a sombra de uma das cadeiras na parede e não conseguia acreditar que estava vivendo aquilo.

Não ousou chegar perto da porta, nem para saber se estava ou não trancada, mas ouviu passos do lado de fora, até que a abriram.

Entraram três pessoas: um senhor enfiado num casaco preto e fino, calvo, óculos de grau; um rapaz mascando chiclete, bigode ralo, olhar desconfiado, cabelo curto e desarrumado, vestindo calça jeans e camisa xadrez de manga comprida; depois deles, entrou e sentou-se na cadeira, do outro lado da mesa, uma mulher jovem, também vestindo calça jeans, sapatilha vermelha e blusa de couro preto, olhos negros intensos e cabelo comprido, com tranças, emoldurando um semblante sério, mas jovial.

O senhor calvo sentou-se ao lado dela. Os três traziam crachás de algum tipo de instituição policial que ele não conseguiu enxergar e identificar. O jovem, que ficou de pé, perto da porta, tirou o revólver do coldre e o segurou, com olhar atento e desconfiado. A jovem trazia uma pasta, que colocou sobre a mesa, e encarou o escritor ainda sentado no chão, acuado no canto da sala.

— Rubem Glück... — ela o chamou para sentar-se na cadeira do outro lado da mesa, diante deles.

O jovem perto da porta apontou a cadeira.

Ele obedeceu e perguntou assustado:

— Onde estou? Quem são vocês?

O rapaz na porta armou o revólver e respondeu parte da pergunta. Rubem olhou para a mulher com a pasta. Ela não tirou os olhos do rosto dele e fulminou:

— Rubem, sou a agente policial Layla Zuit. Você está detido. Encontramos fortes indícios de seu envolvimento nas explosões de carros que vitimaram fatalmente o pastor Daniel Divino, a senadora Maurelli Fortes, o juiz Vitório Marias e o empreiteiro Raul Brotas.

Rubem a encarou com visível assombro e perguntou:

— Daniel Divino, o pastor da madrugada, do programa de TV?!

Ela puxou quatro fotos da pasta e as mostrou para Rubem.

— Quatro explosões simultâneas, em quatro lugares diferentes. Atentados sincronizados.

— Atentados? No Brasil? — Ele se espantou, com sinceridade e pavor, olhando as fotos com os destroços dos carros e do que restou das vítimas.

A agente policial ainda o encarava:

— Os ingredientes das bombas que explodiram os quatro carros estavam numa busca que você fez no Google dois dias antes, na quarta à noite.

O jovem, em pé, ironizou:

— O Brasil inteiro grudado no Brasileirão e você pesquisando fórmula de bomba na internet...

Layla tirou uma folha impressa da pasta com o relatório do rastreamento.

Rapidamente ele se lembrou da busca que fizera, dos ingredientes da moqueca de banana-da-terra, e a recordação misturou-se, confusa e desconexa, com outras lembranças: da compra furtada no supermercado, da ruiva escolhendo as bananas...

Ele fechou os olhos e recordou o perfume da vegana e o cheiro da moqueca de banana-da-terra pelo seu apartamento. Por um instante até esqueceu onde estava. A agente policial pareceu também sentir os aromas que suas recordações exalavam e perguntou, sabendo da resposta, ao mostrar a foto dele no caixa do supermercado:

— É você?

Ele assentiu. E apenas balbuciou, ainda mergulhado nas lembranças da vegana:

— Não sei o que dizer...

Layla olhou para os outros dois policiais e eles se retiraram da sala.

A sós com ele, ela o encarou:

— Rubem Glück... — E foi tirando outras quatro fotos da pasta. — Encontramos um colar com um T de metal pendurado no pescoço ou no que restou de cada um eles.

Rubem controlou-se para não vomitar ao ver as fotos.

A policial o surpreendeu mais uma vez:

— Rubem Glück... Você é um Terminal?

10.

(Dois dias antes, quinta)

Depois da reunião com Virgínia, no trânsito, enquanto escutava músicas no rádio, ele não tirava a vegana da cabeça. Resolveu infringir a regra. Pensou: "Um raio nunca cai duas vezes no mesmo local, mas talvez o acaso se repita no mesmo lugar".

Ao chegar perto do portão do supermercado, não ousou entrar. Parou do outro lado da rua, abaixou o vidro e ficou olhando os carros e as pessoas que entravam e saíam.

Alguns minutos depois, surpreendeu-se ao ver a jovem ruiva sair do supermercado segurando uma sacola reciclável. Apavorou-se. Hesitou entre descer e abordá-la ou subir o vidro e se esconder.

Resolveu fechar o vidro e, de repente, a perdeu de vista depois que ela colocou a sacola que carregava na cesta de uma bicicleta rosa. Ia abrir a janela, quando alguém parou ao lado do carro e bateu no vidro. Era a vegana. Rubem a encarou, perplexo. Ela o fitou com um olhar verde-esmeralda e um sorriso doce e amigável. Apontou a sacola na cesta, abrindo-a para mostrar o que tinha dentro e disse:

— Era o que faltava na receita... Me segue.

E saiu pedalando. Ele ligou o carro e foi atrás.

Dois quarteirões depois, Rubem percebeu que o caminho era o mesmo para o prédio onde ele morava.

Chegou a pensar em deixar de segui-la. Imaginou que ela o flagrara aplicando o golpe. Mas como descobrira o seu endereço?

Suou frio. Não sabia o que fazer. Começou a imaginar o pior.

E se ela fosse uma policial querendo surpreendê-lo em sua própria residência com os outros produtos que estavam no carrinho furtado?

E se o apartamento já estivesse cheio de policiais, procurando provas, revirando gavetas e armários, descobrindo uma série de coisas que não se encaixavam nem com o seu gosto nem com o seu sexo?

Imaginou-se sendo denunciado e condenado nas redes sociais, e centenas de outras pessoas surgindo para testemunhar que também tinham sido vítimas do mesmo golpe, até aquela velhinha que estava comprando fraldas geriátricas e bandeja de ossobuco que ele adorou experimentar.

Parou na esquina, desceu do carro e foi andando, olhando discretamente para todos os lados. Logo avistou a jovem vegana parada em frente ao prédio onde ele morava, segurando a bicicleta, sorrindo para ele, o mesmo sorriso doce e terno.

Conforme se aproximava, teve certeza de que ela era mesmo pequena e frágil, mas com corpo esbelto, pernas bonitas e os lindos olhos verdes potencializados pelo cabelo vermelho abundante e comprido. Ela transmitia uma energia boa. Rubem sentiu que não corria perigo algum. Lá estava ela, que ele tanto desejara nas últimas horas, e o acaso continuava aproximando-os.

Ela entrou no elevador e apertou o botão exato do andar dele. E foi ela quem saiu na frente e parou na porta do apartamento esperando ele abrir.

Rubem a olhava, ao mesmo tempo encantado e intrigado. Ela sabia onde ele morava: bairro, rua, prédio, andar e apartamento. Enquanto ele se espantava com essas revelações, ela caminhou para a cozinha, largando os tênis pelo caminho e deixando cair no chão o vestido curto, que escorregou pelo corpo.

Ele soltou a chave do carro no chão enquanto via, ao vivo, uma pintura de Degas se movimentar na sua cozinha, que agora enrolava o enorme cabelo ruivo prendendo-o nele mesmo. Ela virou-se, segurando o cacho de bananas-da-terra, sorrindo, em pé, nua, sem nenhum pelo: o sexo róseo como duas pinceladas de aquarela sobre o corpo branco, alvo e liso.

— Coloque o vinho pra gelar — ela disse, sorrindo, apontando a sacola, com amarelos nas mãos.

11.

Rubem cuidou de arrumar a mesa, como se já tivesse vivido com a vegana toda a sua vida. Ela nenhuma vez se perdeu na cozinha para achar as panelas e talheres, cantando com uma voz suave e pequena uma canção francesa, que ele descobriu, por um aplicativo musical, ser da cantora Sophie-Tith.

Por duas vezes se cruzaram no espaço apertado da cozinha, entre a pia e o armário com as taças e os pratos, e se tocaram.

A moqueca de banana-da-terra perfumou todo o apartamento e o cheiro escapou pelas frestas das portas e janelas. Ele abriu a garrafa de vinho e brindaram já sentados à mesa. Ela, vestida novamente, com o vestido que pouco a cobria, ao se curvar sobre a mesa, para servir o prato dele, e esticar o braço segurando a concha, deixava os pequenos seios à mostra.

Quando a moqueca acabou, ela, com a taça de vinho na mão, passeou pelo apartamento. Entrou no escritório. Pegou um livro de autoria do escritor e o encarou, o rosto iluminado por uma felicidade repentina:

— Eu já li este! — E abraçou o livro.

12.

(Sábado, tarde)

Rubem voltou para o apartamento e encontrou a porta ainda arrombada, mas encostada e presa por um fio de cobre improvisado. Agradeceu ao zelador pela gentileza e o cuidado de proteger o seu apartamento revirado pela polícia.

A bagunça estava por todos os lados. Sentiu-se dentro de um filme ou de um episódio de alguma série policial das que gostava de assistir.

Avançou até o quarto desviando-se de objetos da casa e pessoais espalhados e jogados pelo caminho. Só parou para salvar o Prêmio Jabuti e recolocá-lo na estante que tomava toda a extensão do corredor, também revirada e vasculhada. "O que poderiam buscar escondido nas páginas de *A máquina do tempo* de H. G. Wells?", ele pensou, depois de resgatá-lo do chão.

A bagunça era enorme também no quarto, com as roupas jogadas, os sapatos revirados. Viu que o pacote que chegara da editora estava aberto; trazia a revisão impressa de seu próximo livro. Ao folheá-la, descobriu que várias páginas tinham sido arrancadas. No espelho, após tirar a capa de inverno do corpo, que um policial encontrou no seu guarda-roupa e lhe dera para não sair só de pijama, flagrou-se ainda com a roupa de dormir. Desejou um banho. Despiu-se, encontrou uma calça jeans, uma camiseta e uma cueca na bagunça e foi para o banheiro.

13.

Ainda de toalha, depois do banho e de se barbear, Rubem ligou para a mulher que toda quarta-feira fazia a faxina no apartamento. Pediu para que antecipasse e viesse o mais rápido possível, que não se assustasse com a bagunça. Em seguida, ligou para o zelador chamar um chaveiro e um marceneiro; precisava consertar a porta arrombada. E assim que desligou o celular, alguém tocou a campainha. Vestiu a roupa que encontrara e, ainda descalço, foi atender a porta.

Era a vizinha, com quem às vezes cruzava no elevador ou na espera dele e trocavam olhares e cumprimentos breves. Dessa vez ela estava com um livro dele nas mãos.

— Encontrei no elevador — ela disse. — Acho que a polícia deixou cair depois que... — E olhou para dentro do apartamento, surpresa e indignada com a bagunça.

Ele estendeu a mão para receber o livro, mas ela se afastou, carinhosamente sorrindo, e revelou:

— Eu o li, de ontem para hoje, sem parar. Nem comi nem fui ao banheiro.

Ele não sabia o que dizer, mas sorriu com a confissão inesperada da vizinha. Não conseguia disfarçar que ainda estava atordoado com os últimos acontecimentos.

— Posso ajudar a arrumar as coisas — ela se ofereceu, com sinceridade nas palavras e no olhar que espiava o apartamento revirado.

Ele gostou da ideia, pois a empregada poderia se assustar com tanta bagunça. Com a ajuda da vizinha, poderia adiantar a arrumação.

14.

Ela não tinha cara de Laura, parecia mais frágil que o nome. Mas aos poucos ela foi se enfiando nas coisas dele e, por um momento, Rubem chegou a pensar que não fora uma boa ideia deixar a vizinha se meter na bagunça do apartamento. Pois entre livros e roupas jogadas pelo chão, surgiam fotografias, textos avulsos e apontamentos perdidos, cartas e exames médicos, e muitas coisas que ele descartava das colheitas nos supermercados e guardava em caixas de papelão para doar anonimamente aos bazares de igrejas.

Ela chegou a se demorar olhando para uma foto dele quando bebê, tomando sol na varanda da casa dos pais. A vizinha acabara de vê-lo pelado. Ele sorriu e trocaram olhares. Os olhos dela eram negros no mesmo tom escuro do cabelo comprido e liso. Vestia short jeans e uma camiseta branca e larga, sem sutiã. As sandálias de dedo, ela largara na porta logo que entrou.

Magra, com pernas, pés e mãos bonitas e delicadas, surgia ali outra vizinha aos olhos de Rubem, diferente daquela com quem às vezes esbarrava no elevador, com roupas sóbrias e discretas de trabalho. Atendê-la à sua porta, depois de passar horas detido na polícia e com o apartamento revirado, aliviou toda a tensão das últimas horas.

Rubem tomou a foto de suas mãos enquanto via seus seios soltos na camiseta larga e ela se deixou puxar até o quarto revirado.

15.

A empregada precisou empurrar a porta e caminhar sobre a bagunça. Ao entrar no quarto do escritor, flagrou-o com a vizinha, nus, deitados na cama, sobre roupas e objetos jogados. Dormiam.

Ela recuou e, silenciosamente, fechou a porta. Deixou o escuro do quarto cobri-los na cama. Tratou de arrumar a casa.

16.

Quando Rubem e Laura acordaram, a casa estava arrumada, com pilhas de livros e algumas coisas no chão esperando o toque do dono. A porta também estava consertada.

Escurecera, e o sábado seguia silencioso naquela noite de calor.

Laura se despediu com pressa, talvez embaraçada com o que acontecera tão inesperadamente ou talvez porque tivesse algum compromisso. Rubem não sabia se ela namorava alguém. Parecia que vivia sozinha no apartamento no final do corredor de onde, toda quinta-feira à noite, vinha o cheiro saboroso de um molho pomarola com manjericão.

Ele ainda ficou um tempo na cama, com o sabor do beijo rápido dela em sua boca. Apenas no seu quarto a empregada deixara a bagunça intacta. E foi essa bagunça que despertou Rubem de seu sonho com a vizinha.

A realidade, ao seu redor, naquele quarto revirado, o envolvera numa trama que nunca imaginaria criar.

Ainda nu, alcançou o sexo ao buscar pela jovem vegana em sua memória. Podia recordá-la ali, na cama, naquela noite, depois da moqueca, ao som de uma cantora francesa no celular, com vinho branco e a maconha que ela trouxera. E fumaram, beberam, transaram e conversaram. Ela sabia muito dele. Então ele se deu conta que não sabia nada dela, nem o nome.

Não se vestiu e tampouco tomou banho. Andou pelo apartamento com o cheiro da vizinha grudado ao corpo. Cuidou de arrumar as coisas, de colocá-las nos devidos lugares e aproveitou para se desfazer de algumas delas, enchendo um saco de lixo.

Fez isso pensando nos últimos dias. Terminara de escrever um livro e por isso estava leve, sem a companhia dos personagens, e decidira então repetir o mesmo supermercado para dar o golpe, infringindo a regra para colher rapidamente alguma comida por causa do jogo na TV. Não poderia imaginar que, de repente, se tornaria suspeito numa trama policial envolvendo uma organização terrorista.

17.

— O que é um Terminal? — ele perguntou para a policial.

Ela tratou de ilustrar antes de explicar. Abriu a pasta e tirou sete fotos, cada uma registrando um atentado e sempre o colar com o T pendurado no pescoço das vítimas, uma espécie de assinatura.

— Trata-se de uma Ordem Secreta, escritor. Os atentados começaram há três semanas. São praticados por terminais suicidas. Entregam o pouco de vida que lhes restam à causa da Ordem. Já que são terminais, "terminam" com o que parecia interminável: os corruptos. — E encarou Rubem quando gesticulou as aspas com dois dedos de cada mão.

Ele olhou com assombro e ela teve certeza de que o seu espanto era sincero.

— Eles, como terminais, sabem que a proximidade da morte é irreversível. E são ateus. Eles acabam se suicidando juntamente com o executado, sempre um corrupto recorrente, que escapou da cadeia ou de qualquer punição e continuou livre e impune praticando os mesmos crimes. Essa história a gente conhece bem...

— Um tipo de esquadrão da morte? — ele quis entender, perplexo.

— Mais do que isso. Sofisticado e terrível. Eles morrem juntos. Assinam com um colar que tem um T, uma adaptação macabra do crucifixo, que penduram no pescoço da vítima. Apenas isso. Nenhuma declaração. Nenhum contato até agora. Nada. Basta a polícia levantar a biografia dos executados para encontrar rapidamente, sem qualquer dúvida, o que têm em comum: a prática da corrupção, formação e/ou participação de organização criminosa, lavagem de dinheiro, enriquecimento ilícito e peculato, no caso de políticos.

— Terminal... Eu... — O escritor se desesperou.

— Rubem, eu acredito que você foi enganado e usado. Você não tem o perfil desses terroristas. Já checamos com o seu médico e o seu plano de saúde, nenhuma doença terminal foi diagnosticada em você. Você está saudável. Nem gripe pega há anos. Sabemos que só entra na Ordem quem estiver comprovadamente terminal, perto da morte, e com convicções ideológicas para dispor do que lhe resta de vida à causa.

— Ela morreu junto? — Ele soltou a pergunta, mergulhado em lembranças da vegana ruiva.

— Ela?

— A Terminal?

— Encontramos apenas restos de homens e da senadora que estavam nos carros que sofreram os atentados. A perícia irá identificá-los, mas por conta da assinatura, com o colar com o T, sabemos que são terminais. E já descobrimos que nas explosões eles tomaram o lugar dos motoristas. Minutos antes, verificamos que cada uma das vítimas estava ao celular, negociando propina, e nem se deram conta de que os motoristas eram outras pessoas.

— Homens-bomba, aqui, neste país?!

— Nos dois atentados anteriores agiram de outras formas, sem explosão.

— Então ela não morreu? — ele perguntou, sem disfarçar que de certa forma estava aliviado.

— Ela quem?

18.

Gozar ajudava Rubem Glück a escrever, a criar, a varar noites, a ter coragem de rasgar tudo, de deletar, de recomeçar, de refazer. Lembrou-se de Laura.

Cuidou de colocar as coisas no lugar e de limpar o escritório. A nova missão exigia aquela arrumação toda.

Sempre fazia o mesmo quando iniciava um novo livro: mesa limpa, papéis em branco, caderno, lápis e canetas novas, e uma garrafa de whiskey do Tennessee.

19.

(Domingo, madrugada)

O calor fez Rubem tirar a roupa e, no meio da madrugada, sentir vontade da vizinha e curiosidade para saber o que ela estava fazendo. Ao olhar ao redor e ver ainda vestígios do que lhe acontecera nas últimas horas, decidiu ligar para o celular que ela anotou no dele. Deu caixa postal. Segundos depois, ele recebeu uma mensagem pela rede social: "É você mesmo, vizinho?!". Após alguns instantes ela tocou a campainha.

Laura o encarava enquanto ele estava dentro dela, sob ela. A luz do abajur caído no chão iluminava parte de seu rosto. Seus olhos negros percorreram todo o quarto, sem pressa, e então confessou, com alguma ingenuidade:

— Quando terminei de ler o seu livro, ou mesmo enquanto o lia, cheguei a achar que você morasse nesses lugares que inventa e que aqui no quarto teria alguma passagem para eles...

Bastou ela apertar um pouco o sexo dele com o dela para ele tirar rapidamente e gozar na barriga dela. Ela abriu um sorriso, enquanto a mão direita se lambuzava com o líquido derramado no ventre. Ele a olhava, fascinado.

— Eu a vi chegando com as bananas... — disse ela, encarando-o, enquanto cheirava os dedos lambuzados. — Depois um cheiro delicioso de comida se espalhou pelo corredor. Era moqueca?

— O que você viu?

— A ruiva.

20.

O apartamento de Laura ficava no final do corredor e seu olho mágico alcançava toda a extensão do andar. O apartamento de Rubem era o primeiro à esquerda, para quem sai do elevador. E, por acaso, ela viu a ruiva chegando e entrando com ele.

— Você não tem uma rotina como a minha — Laura disse. — Raramente sabia da sua existência. Eu o imaginava um ser solitário, sempre sozinho, assim como eu, mas diferente, por conta do seu ofício; às vezes convidando alguém para jantar, conversar. Naquele começo de noite, escutei o elevador chegando e fui fuçar no olho mágico. E a vi, você atrás dela, como se fosse ela a moradora do apartamento, ou uma pessoa muito próxima, íntima.

21.

O domingo amanheceu com chuva. Rubem acordou na cama de Laura. O perfume de seu apartamento harmonizava com o barulho da chuva lá fora. Tratou de guardar aquela sensação na memória para usar em alguma história.

Ela dormia, ainda nua, sobre o lençol branco, o corpo alvo, os pés com esmalte vermelho-escuro nas unhas. Gozaram toda a noite enquanto durou o vinho e o tesão. Mas ele acordou excitado e começou a se masturbar ao lado dela, que despertou com o leve balanço da cama e assumiu o controle da masturbação, quase dormindo, sem abrir os olhos, mas sorrindo, com a língua passeando pelos lábios, esperando o líquido esguichar.

Saíram para almoçar debaixo de uma chuva fina. Ela o levou para um restaurante a três quadras do prédio.

Pediram vinho e, depois do brinde, ela o encarou e perguntou com uma curiosidade sincera:

— O que você aprontou?

Ele fez uma leve expressão com a cabeça de que não era nada demais. Ela insistiu:

— Tem a ver com a bela ruiva?

— Ela sumiu — ele disse, não disfarçando algum desgosto.

— Ela vai voltar — ela previu, com olhar malicioso.

Rubem suspirou por dentro, na alma. Era o que desejava e precisava: reencontrá-la.

22.

(Segunda)

Na segunda-feira, cada um acordou em seu apartamento, em seu quarto, em sua cama.

Laura despertou antes de o alarme tocar. Sentia-se luminosa, feliz, leve e, após o banho, sentiu no corpo o peso da roupa que usava para ir ao trabalho. Custou para equilibrar-se no salto alto e até se divertiu com o desajeito repentino. Achou melhor se aprumar e desfilou pelo corredor três vezes até recuperar a postura sóbria e discreta de uma gerente de contas de banco, eficaz e solícita. Tomou café depois de comer uma fatia de mamão. Foi ao banheiro escovar os dentes, passou batom vermelho nos lábios, borrifou no ar um perfume cítrico para garoar levemente sobre ela. Pegou a bolsa e saiu do apartamento. No caminho para o elevador, avistou a porta de Rubem.

23.

Rubem demorou para acordar. Talvez tenha tentado algumas vezes, mas era segunda-feira, e esse dia da semana o deprimia. O ofício de escritor o libertara desse sofrimento havia alguns anos. Ele decretara que todas as suas segundas-feiras estariam livres para acordar a hora que quisesse. Era proibido ter qualquer compromisso.

Mas nessa segunda ele ainda tinha o cheiro de Laura pelo corpo, espalhado pela cama. Naquele fim de semana, ela magicamente o fizera esquecer das coisas terríveis que lhe acontecera nos últimos dias.

Um raio de sol invadia o quarto por uma fresta na cortina e no chão cortou ao meio a calcinha de Laura. Era pequena, lisa e branca; ele levantou-se da cama, pegou-a e foi tomar banho.

Ao voltar para o quarto, escancarou a cortina, e a luz do sol se espalhou por todo o cômodo. A segunda-feira ensolarada e quente às dez da manhã sugeria um passeio no parque, depois de um café na padaria.

E assim Rubem foi parar na livraria.

24.

A pequena livraria de bairro, na calçada, sobrevivia inexplicavelmente numa época de shoppings, megastores e lojas on-line. Tinha o nome inspirado na máquina de escrever de Mário de Andrade, a Manuela, que o escritor paulista, por sua vez, batizara em homenagem ao seu melhor amigo, Manuel Bandeira. O dono conseguira um exemplar da mesma Remington e a deixava exposta na vitrine entre os livros do modernista.

A loja ocupava uma sala retangular com cerca de sessenta metros quadrados, com estantes e mesas cheias de livros. Sem balcão, havia apenas uma escrivaninha antiga nos fundos com uma gaveta para guardar o dinheiro e os recibos de cartão. Ao lado, uma mesinha com pilhas de livros aguardando lugar nas estantes.

Às segundas-feiras, Rubem passava por lá depois da padaria e do parque. Tinha uma mesa com duas cadeiras na calçada em frente. O livreiro sabia que Rubem era escritor e vendia bem os seus livros, mas não o incomodava com solicitações de autógrafos ou apresentações aos clientes. Mauro era reservado, quase não saía de sua mesa, sempre lendo.

Naquela manhã, Rubem estava sentado na cadeira do lado de fora da livraria, enquanto se distraía com o movimento na rua, quando, repentinamente, uma sombra o atingiu. Alguém parou diante dele e disse, com hálito de hortelã:

— Autografa pra mim?

Rubem foi subindo com o olhar: os pés, sem meias, enfiados em tênis detonados; o macacão jeans, surrado, com rasgos mostrando partes das pernas, pendurado no corpo por alças folgadas, deixando à mostra os seios e os ombros, e, no ombro esquerdo, a tatuagem inesquecível, o poema "A rosa doente", de Blake, desenhando a flor com as palavras. Enfim, o rosto, tez clara, constelações de sardas, lábios vermelhos, olhar verde-esmeralda; e uma mecha ruiva, comprida, pendurada, ao vento, desprendida do cabelo escondido dentro de um boné vermelho, também puído, com a estampa em branco e desgastada da foice e do martelo.

Ela sorriu ao colocar o livro e a caneta sobre a mesa. Sentou-se na outra cadeira, segurando o skate no chão com o pé direito.

O escritor abriu o livro sem tirar os olhos dela. Estava assustado e ao mesmo tempo encantado com o encontro inesperado. Conseguiu se mexer apenas para pegar a caneta, abrir o livro na folha de rosto, olhar para ela e escutar:

— Emily... O meu nome é Emily de Cheshire... Quer que eu soletre o sobrenome?

— Não — ele respondeu, de pronto. — Eu sei... Eu li *Alice no país das maravilhas*.

Ela o encarou com o seu olhar esverdeado e sorriso amável. Era um exemplar do primeiro romance juvenil de Rubem, o mais conhecido e premiado.

Ela levantou-se, leu a dedicatória, sorriu, fechou o livro e o colocou no bolso largo na frente do macacão. Empurrou o skate com o pé, subiu nele e foi embora, deslizando pelo asfalto, a mecha de fogo ao vento, olhando de vez em quando para trás, para Rubem, ainda sentado à mesa, caneta na mão, apenas contemplando-a, sem lembrar o que tinha escrito, saboreando o nome dela como se fosse o de um novo personagem.

Pessoas passavam pela calçada, indo e vindo. Às vezes alguém entrava na livraria. E a jovem vegana deslizou pela avenida até desaparecer na curva. Rubem escreveu com a caneta o nome dela na palma da mão esquerda e a fechou como se tentasse não deixar que ele escapasse. Levantou-se da mesa e seguiu para casa.

25.

Emily.

Rubem ainda sentia a sombra dela sobre ele, a rosa flutuando em seu ombro.

Ela com um livro dele nas mãos.

Emily.

Ela existia.

Ela que o arrastou até a sua própria casa naquela tarde improvável e preparou uma moqueca de banana-da-terra. Que, logo que entrou, deixou escorregar o vestido verde de bolinhas brancas do corpo a caminho da cozinha, e nua, inesperadamente nua, descascou e cortou as bananas ao meio. Juntou às bananas cortadas o suco de limão, duas pimentas dedo-de-moça sem sementes e sal, que assim ficaram esperando num canto enquanto ela, nua, deliciosamente nua, cortou os pimentões amarelos e vermelhos, a cebola e os tomates e, com as duas mãos em concha, os jogou na panela e refogou com azeite e uma pitada de sal.

O cheiro já flutuava pelo apartamento e passava por ele, ali na porta, que olhava a jovem vegana, agachada diante do armário embaixo da pia, procurando uma panela de barro, que não encontrou, não lamentou por isso e sorriu quando achou uma que servisse. E de pé, nua, graciosamente nua, foi montando a moqueca: uma camada de banana-da-terra, depois uma camada do refogado. Ela sempre lambendo os dedos, sempre olhando de lado, sorriso apetitoso. Por fim, despejou o que sobrou do suco do limão por cima. Nua, saborosamente nua, ela pegou a panela e levou ao fogo.

O olhar esverdeado dela pedia uma taça de vinho branco para Rubem, que tirou a garrafa da geladeira e serviu duas taças. Eles se olharam durante o brinde.

Ela abriu a panela que fervia, derramou leite de coco e um pouco de azeite de dendê por cima. Fechou a panela e a deixou cozinhar mais alguns minutos, o tempo para outra taça de vinho, o tempo de ela passear pelo apartamento, nua, fulgurosamente nua, agora com o cabelo solto, em chamas.

O escritório estava escuro. Ela acendeu a luz. Quando ele chegou à porta, encontrou-a entre papéis e livros no chão, sentada, pernas cruzadas, segurando uma folha que acabara de desamassar.

Leu, amassou de novo e a jogou no cesto, onde estavam outros papéis descartados. Levantou-se e confessou para ele, com uma tristeza inesperada no olhar de mar profundo:

— Eu não tenho mais tempo para rascunhos...

Faltavam cinco minutos para a moqueca ficar no ponto, e foi tempo o bastante para ela, nua, avidamente nua, deixar Rubem também nu.

26.

Rubem pegou a folha amassada no lixo. Podia sentir ali Emily, sentir o perfume dela. Desamassou a folha e lá estava o trecho que ela lera. Fechou os olhos para ouvir na memória a triste confissão dela: "Eu não tenho mais tempo para rascunhos".

Sim, ela existia.

Abriu a mão esquerda e lá estava o nome dela. Podia senti-lo pulsar.

Não tinha sido um devaneio, como ele chegou a imaginar quando voltou ao apartamento e o encontrou todo revirado.

O sonho: uma noite com Emily, ela nua na cozinha, vinho branco, moqueca de banana-da-terra, música francesa, a lua na janela.

O pesadelo: dois dias depois, o apartamento arrombado no meio da madrugada, Rubem arrancado à força da cama, tudo revirado; horas de interrogatório, sem dormir, com medo de escutar qualquer palavra à sua volta, com medo das palavras, de que elas se juntassem numa frase, num parágrafo, numa história que ele nunca imaginaria escrever.

Um sonho e um pesadelo, os dois juntando as mais belas e as mais terríveis palavras.

O celular tocou.

27.

Layla Zuit chegou pontualmente ao encontro. Rubem marcara no parque e a esperava no banco no qual costumava sentar-se entre as voltas que dava ao redor do lago.

Os dois não precisavam se esconder e tampouco se misturar à multidão para disfarçar o encontro, mas o pesadelo que ele atravessava parecia ficar mais leve sob o sol naquele final de tarde no parque.

As pessoas passavam diante deles, os dois sentados num banco, e elas nem podiam imaginar que ali se tramava um plano para desmontar uma organização terrorista no Brasil. Se para Rubem isso era algo difícil até mesmo para acreditar, seja como brasileiro, seja como escritor, seja como uma pessoa pacífica, para aquelas pessoas que passeavam no parque talvez não devesse passar de algo que só se vê na ficção, numa série de TV, ou num país do Oriente Médio.

Mas Layla estava ali, ao lado dele, ao celular, falando com alguém, e pedira desculpas por ter que atender, pois era necessário.

Ela fumava e dava tragadas suaves que soprava levemente para fora da boca de lábios grossos e bem desenhados. Tinha corpo atlético, cerca de um metro e setenta de altura, vestindo calça jeans e camiseta rosa com uma pequena estampa em branco. Usava sutiã, calçava botas pretas e trazia uma pequena bolsa marrom pendurada no ombro. A arma deveria estar dentro da bolsa ou enfiada entre a calça e a camiseta. A voz dela era suave e contrastava com o seu ofício. Tinha mãos longilíneas com dedos sem anéis e unhas sem esmalte. O cabelo crespo e solto tinha um lenço colorido prendendo-o à altura da testa. Os olhos ariscos sempre observando ao redor, passando rapidamente pelo rosto de Rubem.

Ela desligou o celular e o flagrou olhando suas mãos.

— Descobriu algo? — ela perguntou, guardando o celular no bolso da calça.

— Ela existe.

— Existe? Escritor, ela é uma invenção da sua cabeça. Você a inventou. É escritor. Estou lendo um livro seu, você inventa bem.

Ele gostou de saber que agora ela era também uma leitora de seus livros. Mas insistiu:

— Eu a vi hoje.

"Ela é linda!", ele pensou, fechando os olhos para vê-la em sua memória.

— Você a viu? A jovem vegana do cabelo de fogo?

— Emily.

— O nome dela é Emily?

Ele abriu a mão esquerda para mostrar o nome escrito nela:

— Emily de Cheshire, ele disse. Autografei o meu livro pra ela. Eu estava na livraria... Ela surgiu do nada. E, de repente, desapareceu...

— Como o Gato da Alice? — Layla arriscou, não tendo certeza se tinha alguma relação.

— Leu o livro? — surpreendeu-se Rubem.

— Não. Levei meus sobrinhos para assistir ao filme. — E tragou profundamente, soltando a fumaça com um sopro impaciente.

— É isso! — descobriu Rubem, com um leve sorriso. — Ela aparece e desaparece como o Gato de Alice.

"Desaparece nos abraços, nos encaixes, nos lençóis, sob o chuveiro, antes de amanhecer", ele recordou.

— Rubem, se ela existisse, nós saberíamos. Teríamos encontrado digitais no seu apartamento. Vasculhamos tudo. Estamos investigando os Terminais há três semanas.

— Eu a encontrei... Quero dizer, ela me encontrou.

— Rubem, você só está em liberdade porque nos convenceu dessa história absurda, dessa jovem vegana ruiva de quem você furtou a compra no supermercado e que na noite seguinte lhe fez uma moqueca de banana-da-terra...

— É tudo verdade. Eu até já estava achando que não passara de um sonho, mas hoje ela falou comigo, comprou um livro meu, eu autografei, e ela se foi, deslizando no asfalto sobre um skate.

— Então era ela? A jovem comunista com o skate. Estava disfarçada...

Rubem a viu olhar para a direita, não escondendo que estavam sendo vigiados pelo rapaz durão da sala onde ele ficara detido para interrogatório. A troca de olhar entre os dois foi o sinal para ela se despedir do escritor sem tocá-lo, como tinha ocorrido em toda a conversa em que mal se olharam.

Rubem continuou sentado. De repente se viu órfão do mundo, da natureza, da vida, de seus livros, de seus personagens, dele mesmo.

Ao olhar um ipê despetalado, ele se deu conta que nem sabia que estação era. Do outro lado da rua, que rodeava o lago, a vegetação verde e vistosa, como se estivesse sob o efeito cromático de um filtro, realçou alguém passar correndo, esvoaçando um cabelo longo, solto e em chamas.

28.

Rubem perdeu a noção do tempo dando voltas ao redor do lago no meio do parque, às vezes, subitamente, se virando e fazendo o caminho inverso. Tinha certeza de que sentira a jovem vegana passar correndo por ali.

Ao final da tarde, abandonou a busca. Estava cansado, com fome.

Quando chegou ao apartamento, encontrou a porta destrancada. Recuou alguns passos até se encostar à parede do corredor, com a chave na mão e o olhar desconfiado. A luz automática se apagou e ele viu a porta do apartamento se abrir e surgir Laura, com duas taças de vinho nas mãos.

Laura lhe causou uma boa surpresa, após explicar que encontrara a porta destrancada, depois de tocar a campainha, quando voltava do supermercado com ingredientes para uma massa e uma garrafa de vinho. Ela entrou e, como não viu Rubem, se atreveu preparar um jantar para os dois.

Ele adorou o atrevimento, a ideia, a comida, a bebida e cada minuto que ficou com ela por toda a noite.

Laura não fazia perguntas e ele achava que ela não tinha noção alguma do perigo que poderia estar correndo ao ficar ao lado dele.

Ela, diferente de Emily, fez a massa sem tirar a roupa do trabalho. Ficou apenas descalça. Também não disse nada sobre como tinha sido o seu dia. Ela sabia cozinhar e revelou que o seu molho pomarola com manjericão era saboroso.

— Eu não acredito que estou jantando com você, tomando vinho... Há tanto tempo somos vizinhos, e precisava o seu apartamento ser invadido para nos conhecermos.

— As histórias são assim. O acaso proporciona os melhores encontros — ele filosofou já na terceira taça de vinho.

Ela sorveu um gole da bebida, refletindo sobre o que acabara de escutar.

Rubem ficou olhando-a. Pensou que deveria se afastar dela. Foi quando escutou o som de uma notificação no celular. Era Layla.

"Ligue no jornal da TV."

Ele levantou-se da mesa e foi para a sala. Pegou o controle remoto, ligou a TV, que já estava sintonizada no jornal.

Um helicóptero sobrevoava um bairro nobre de São Paulo. O holofote potente focava sua luz nas águas de uma enorme piscina, que estava cercada por várias pessoas e policiais.

— O que é isso? — Laura perguntou, deixando a taça na mesa e seguindo para perto de Rubem.

A âncora do jornal falava sobre o que acontecia.

— Acabo de receber informações de que a polícia encontrou oito corpos no fundo da piscina da mansão do senador Ferdinando. — Ela para de falar e chega a gaguejar. — Lúcio, é isso que estou escutando no ponto?

O repórter no helicóptero aguardou alguns segundos para receber o áudio com a voz da âncora e respondeu:

— Exatamente, Lianna. A polícia acabou de confirmar que os oito corpos encontrados no fundo da piscina são membros da tradicional família Ferdinando, que atua na política há três gerações. O patriarca, o avô, Gustavo Ferdinando, com longa carreira política, eleito senador várias vezes, entre outros cargos na gestão pública; sua esposa, Marli, chefe de gabinete do marido em todos os mandatos; seus dois filhos, os deputados Francisco e Fabiano; as noras, vereadoras, Odete e Marisa; e os netos, vereador Gilson e vereadora Diana.

— Lúcio, por favor, tem mais informações aqui no estúdio. — E se vira para um convidado que está sentado na poltrona à sua esquerda. — Dimitri Proa, sociólogo e jornalista da revista *De Olho*, obrigado por vir.

— Boa noite para você e a todos que nos assistem.

— Sei que você fez várias matérias sobre o envolvimento da família Ferdinando com a corrupção.

— Sim. Há doze anos a revista *De Olho* vem publicando matérias que denunciam a atuação criminosa da família Ferdinando na política. Foram onze capas, centenas de páginas, fotos, documentos, extratos, listas e áudios que provam que a família Ferdinando, desde o primeiro mandato do patriarca, o senador Gustavo Ferdinando, se enriqueceu ilicitamente, ano a ano, mandato a mandato, desviando dinheiro público, exigindo propinas e lavando dinheiro sujo. O patriarca nem pode pensar em sair do país, pois é procurado pela polícia internacional. Há anos, o senador e sua família, presos em várias operações da polícia, respondem em liberdade a diversos processos de peculato, corrupção, caixa dois, lavagem de dinheiro, formação de quadrilha, graças aos habeas corpus que conseguem tão logo chegam às celas.

A âncora interrompeu o sociólogo, e na enorme tela no estúdio surgiram imagens que o helicóptero capturava sobrevoando a propriedade do senador.

— Lianna, chegamos mais perto da mansão, e é possível perceber que os corpos submersos da família Ferdinando, todos em pé, amarrados a blocos de concreto, formam um T para quem vê de fora e do alto, como nós.

— Lúcio, os bombeiros vão tirar o primeiro corpo. Consegue identificar?

— Sim, trata-se do patriarca. Veja, no pescoço dele tem pendurado um colar com um T.

Quando o helicóptero girou um pouco, o repórter chamou a atenção para o que a luz do holofote focava:

— Lianna, no outro canto da piscina estão três corpos, também submersos com blocos de concretos nos pés...

— Temos mais informações chegando, Lúcio — interrompeu a âncora, e a enorme tela trocou a imagem do repórter no helicóptero por outra com um repórter na frente da mansão, que ajeitava o cabelo e os óculos quando notou que estava ao vivo na TV. A âncora ficou de pé no estúdio e se aproximou da tela, agora dividida, mostrando do lado esquerdo a piscina com os corpos e o repórter no lado direito. — Amálio, você tem mais informações sobre essa tragédia na mansão do senador Ferdinando?

O repórter aguardou o delay passar e falou, enquanto lia algo que digitara em seu celular:

— Lianna, os empregados da mansão, cerca de vinte e um, incluindo seis seguranças, estavam presos no cofre secreto do patriarca, uma sala forte com cem metros quadrados, mas o segredo alguém deixou escrito num papel do lado de fora da porta. Quando os policiais abriram e acessaram o cofre, encontraram os empregados e todo tipo de riqueza: joias, diamantes, ouro, caixas abarrotadas de euros, libras, dólares e obras de arte amontoadas pelos cantos.

— Uma verdadeira caverna do Ali Babá! — A âncora se surpreendeu ao ver as imagens na tela.

— Exatamente, Lianna. Curiosamente, a senha do cofre é "abre-te-sésamo", que dá acesso a uma fortuna imensurável, de acordo com a polícia. Toneladas de riquezas.

— Os empregados revelaram alguma coisa?

— Pouco, mas contaram que ocorria um churrasco na mansão. O patriarca, o senador Gustavo Ferdinando, comemorava seus noventa e oito anos. Estava na festa, sentado na cadeira de rodas, rodeado por três cuidadores e duas enfermeiras, degustando uma maminha enquanto tomava medicação intravenosa, quando três pessoas armadas invadiram a casa e renderam todos, inclusive os empregados.

— E essas três pessoas?! — quis saber a âncora.

— Uma delas, um idoso, respirava com tubos presos em um cilindro de oxigênio. As outras duas eram jovens e fortes, uma mulher e um homem. Chegaram preparados para o atentado e não falaram nada em nenhum momento. Trouxeram de um carro, que ficara estacionado na garagem, blocos de concreto, do tamanho de uma lata de tinta de dezoito litros, com cordas que foram amarradas nos pés de cada um da família Ferdinando, que estavam deitados, imobilizados e amordaçados. A partir daí, de acordo com os empregados, tudo foi muito rápido. Colocaram o colar com o T no pescoço de cada um, e afundaram a família na piscina, formando o desenho de um T. Nem precisaram de ajuda na hora de submergir o patriarca, obeso, com mais de cento e quarenta quilos. Trancaram os empregados no cofre, e quando eles foram soltos, descobriram que os terroristas tiveram o mesmo fim: afogaram-se no outro canto da piscina, também com blocos de concreto presos nos pés.

— Que horror, que horror! — soltou a âncora, aterrorizada com as imagens.

Rubem recebeu outra notificação no celular. Era Layla: "Posso ligar?".

Ele ia dizer que não, mas ela ligou. Ele seguiu para a varanda da sala e fechou a porta.

— A partir de agora a imprensa não vai falar de outra coisa. Eles querem mídia, repercussão.

— Eles quem? — quis saber Rubem, com o vento levando o seu grito.

— Os Terminais! — ela gritou.

Rubem desligou o celular e voltou para a sala. Na TV, o canal de notícias que nunca desliga não falava de outra coisa, pois a cobertura, ao vivo, renderia horas seguidas e intermináveis de audiência, reunindo comentaristas, especialistas, reprisando exaustivamente as mesmas imagens dos corpos nas piscinas.

Laura parecia alheia e nem poderia, mesmo se quisesse, fazer alguma relação entre aqueles corpos mortos na mansão do senador com o que ocorrera com o seu vizinho.

Rubem a encontrou deitada no sofá, sem prestar atenção ao jornal na TV, revelando-se relaxada por causa do vinho. Ele desligou a televisão, encheu a taça e tomou um gole para descer o que entalara na garganta ao receber a ligação de Layla e ver o noticiário.

Ele olhou para Laura, que não tirava os olhos dele, e perguntou:

— Posso dormir na sua cama hoje?

29.

(Terça)

Rubem acordou mais cedo que o habitual. Laura já tinha saído.

Ele abriu a janela e avistou a cidade de outro ponto do prédio. A janela do quarto de Laura dava para o oeste e dela se avistava a torre da maior antena da mais famosa avenida da cidade.

Fazia calor, e ele caminhou nu pelo apartamento. Fuçou no guarda-roupa, na cômoda, na estante no corredor. Ela não tinha muitos livros de ficção. Devia estar cursando alguma faculdade de administração. Alguns porta-retratos a revelavam em vários momentos: com a família, com um rapaz com a barba por fazer e brinco na orelha esquerda. Talvez o namorado ou o ex. E fotos com amigos no banco, em almoços, viagens e festas.

Todo o apartamento estava bem mobiliado, mas sem extravagância. E limpo, bem-arrumado, com as almofadas cuidadosamente ajeitadas no sofá e nas duas poltronas. Entre os CDs ele encontrou álbuns de MPB e um pouco de música clássica.

Ao seguir para a cozinha, na sala, viu uma garrafa térmica, uma xícara, torradas e geleia.

Olhou para o celular. Ainda não eram dez horas. Decidiu tomar um café curto e sem açúcar, mas logo que se sentou à mesa, escutou a porta do elevador se abrir. Foi espiar pelo olho mágico.

A pequenina lente na porta do apartamento de Laura capturou toda a extensão do corredor.

Do elevador saiu um rapaz olhando para todos os lados, carregando uma bolsa a tiracolo e, atrás dele, o zelador, reclamando:

— O senhor precisa ser anunciado. Além disso, ele não tá. Se não atendeu ao interfone é porque não tá. O senhor não pode subir sem autorização do condômino.

O rapaz parecia não se preocupar com o zelador e dizia:

— Compreendo, mas o senhor não pode impedir o trabalho da imprensa.

— Mesmo assim, precisa ter autorização. O senhor tem que ir embora.

O rapaz parou diante da porta do escritor. Rubem, pelo olho mágico, sentiu que ele quase girou a maçaneta para ver se estava destrancada, mas segurou o impulso e virou-se para o zelador.

— Esta porta foi consertada recentemente?

E agachou-se para olhar de perto a maçaneta, tirou o celular do bolso e fez algumas fotos.

O zelador segurava a porta aberta do elevador. Insistiu:

— O senhor precisa ir embora.

— Aconteceu alguma coisa com a porta do morador?

O zelador fechou a cara e apontou o elevador.

O rapaz levantou-se, ajeitou a bolsa no ombro e entrou no elevador. Desceram.

30.

Rubem voltou para a mesa e completou a xícara com mais café. Agora o adoçou, e bastante. Sentou-se na cadeira e tentou organizar os pensamentos, mas logo percebeu que deveria se vestir para então decidir o que fazer.

Se a imprensa estava atrás dele, logo descobririam que ele estava ficando com a vizinha e em breve bateriam à sua porta.

Fugir! Pensou rapidamente, mas abandonou a ideia porque os policiais que o interrogaram o estavam vigiando todo o tempo, como ocorreu na livraria, e Emily teria percebido isso ao abordá-lo disfarçada para pegar um autógrafo.

Resolveu ligar para Laura. Inventou que ficara preso no apartamento e precisava sair. Em poucos minutos ela apareceu e fez o que ele pediu: parou o elevador no décimo segundo andar e desceu de escada para o seu apartamento. Logo que ela abriu a porta, ele saiu com ela e desceram dois andares a pé. Do nono, pegaram o elevador e seguiram direto para a garagem, onde ela estacionara o seu carro em outra vaga. Minutos depois ela o deixou na entrada de uma estação de metrô.

Por algumas vezes, Laura sentiu que estava fazendo algo arriscado, perigoso, mas ajudou o vizinho. O amante incidental era um escritor e talvez estivesse inspirado, pesquisando para escrever um novo livro. Imaginar-se fazendo parte da trama a deixou feliz. Sorvendo dessa felicidade com goles intensos, ao abrir o semáforo, desistiu de voltar ao banco, virou à direita e foi procurar uma livraria.

31.

Rubem queria distância de seu apartamento.

Entrou no metrô e se deixou levar pelas baldeações e se perder em algum círculo da *cidante*. Era assim que um amigo seu se referia à metrópole, comparando-a à criação de Dante. E onde ele estaria? Pensou em ligar para o amigo, mas desistiu, imaginando que o seu celular estivesse grampeado.

Olion morava com Lívia na periferia de São Paulo, numa pequena casa térrea, com jardim e quintal com flores e árvores frutíferas.

Eram amigos desde a adolescência. Olion gostava de mecânica, de máquinas operatrizes, de fazer arte no aço, no ferro fundido. Era ferramenteiro, mas a amizade com Rubem o aproximara da literatura, e ele era fã de livros policiais.

Fazia tempo que Rubem não via o amigo e o encontrou um pouco mais gordo, cabeludo, mas com o mesmo sorriso largo de sempre. Estava com Lívia, sua esposa, os dois pendurando roupas no varal. Ela era mais jovem que ele, e a negritude dela encantava por onde passasse com o seu sorriso solar.

Rubem, depois de cumprimentar Lívia e o amigo, sentou-se com Olion na varanda e aceitou um copo da cerveja gelada.

Antes de começar a conversar, Rubem ficou observando Lívia estender o resto da roupa no varal: lençóis brancos, toalhas floridas de mesa, vestidos coloridos. Ela se agachava para pegar a roupa no cesto e as pernas se revelavam belas quando o vestido escorregava. Quando se curvava para pegar outra roupa para pendurar, os seios fartos vibravam com a gravidade. Cantava um samba de Noel Rosa enquanto colocava os pregadores nas roupas.

Vendo o casal de amigos enfiado naquela vida simples e tranquila, Rubem pensou em nem comentar a ideia que tinha tido ao lembrar-se deles e resolver procurá-los. Tomaria um copo de cerveja e iria embora.

Olion era leitor dos livros de Rubem, se divertia com as aventuras juvenis que o amigo inventava. Toda vez que terminava de ler um livro do amigo, insistia para que ele se aventurasse na literatura policial.

Rubem sempre se justificava afirmando, sem lamentar, que nunca conseguiria criar um vilão, alguém malvado e perigoso, e cenas de crimes... Assassinar um personagem, nem pensar. Nem em ficção. Olion sabia que o amigo acertara a mão, tinha milhares de leitores, uma vida boa e era feliz.

Lívia terminou de pendurar as roupas e torceu a barra do vestido, mostrando as pernas e a calcinha branca. Sorriu para eles. Olion sorriu e tomou um longo gole de cerveja. Lívia passou por eles deixando um cheiro de lavanda e entrou na cozinha para pegar um copo e mais uma cerveja na geladeira.

O celular de Rubem tocou. Ele espiou. Era Layla. Levantou-se e caminhou até o varal, depois de acenar para o amigo que iria atender ao telefonema.

Entre as roupas penduradas, atendeu:

— Onde você tá?

— Na periferia, zona sul, na casa de um amigo. Hoje um repórter foi fuçar na minha porta.

— A imprensa está alvoroçada, procurando qualquer informação. Estão querendo saber sobre o colar com o T. Logo vão chegar a você.

— Eu não tenho nada a ver com isso! — ele quase gritou, desesperado.

— Acredito em você, mas a tal vegana do cabelo de fogo só pode ser invenção.

— Ela existe.

— Então nos leve até ela. Você tem pouco tempo.

Quando Rubem abriu passagem entre os lençóis pendurados no varal, deu de cara com Olion. Ele não seria indiscreto a ponto de escutar a conversa do amigo, mas apareceu para oferecer ajuda, fosse qual fosse o problema.

— Se estiver precisando se isolar, essas coisas de escritor, pode usar a nossa casa à vontade. Temos uma edícula bem ajeitada e confortável. Lá você vai ficar sossegado. Estou de férias e vamos ficar por aqui. Você seria uma boa companhia.

Rubem deu um forte abraço no amigo, tocado com o seu gesto, mas estava convencido de que procurá-lo foi um risco, um erro, e que poderia colocá-los em perigo. Afastou-se e o encarou:

— Obrigado, Olion. Passei apenas pra dar um abraço. Estava por perto.

32.

Rubem voltou ao metrô e deixou-se perder novamente pelas baldeações. Não queria chegar a lugar nenhum. O olhar estava largado na paisagem vertiginosa escura dos túneis.

Em alguma estação, que ele nem imaginava qual fosse, o lugar no banco ao seu lado ficou vazio e alguém se sentou com o mesmo perfume de Emily. Hesitou em olhar para o lado. Sentiu imediatamente uma dor no estômago e alguma vertigem. Talvez não fosse ela, apenas outra pessoa usando a mesma fragrância, pensou.

Mas era ela quem ele viu no reflexo da janela, se misturando com a velocidade lá fora, embora ela se movimentasse com leveza.

Quando se virou, ela lia o livro que ele autografara na calçada da livraria. Ela sorriu e logo foi contando que não era por acaso aquele encontro num vagão qualquer, numa estação qualquer do metrô, pois ela estava atrás dele desde que ele escapara do repórter que foi fuçar na porta de seu apartamento.

— Quem é você? — ele perguntou, com sincera dúvida no olhar.

— Seu anjo! — ela gritou.

Quando o trem parou e abriu as portas, ela o puxou:

— Vamos!

33.

E ela o puxou para fora do vagão. E o puxou para fora da estação. E o puxou por dois quarteirões. E o puxou para dentro de um beco escuro. E o puxou para um elevador. E o puxou para dentro de um loft. E o puxou para uma cama. E o puxou de suas roupas. E o puxou de todos os medos.

34.

(Quarta, manhã)

Rubem acordou com cheiro de comida no ar.

Estava deitado num colchão de casal, no chão, embaixo de uma janela com persianas que fatiavam a luz do amanhecer que invadia o lugar.

Emily, na cozinha, cantarolava a *Internacional Comunista* numa versão francesa, com uma voz pequena, frágil e doce. Às vezes, abria uma torneira ou mexia em pratos e panelas.

Ele fechou os olhos e passou a mão pelo corpo. Estava nu e nos pelos do sexo ainda estavam grudados todos os gozos da noite. Respirou fundo e recordou alguns momentos com Emily.

Do metrô até onde estava, Rubem se deixou levar, e ela o puxava com uma felicidade de menina peralta. Numa mão, o livro, e na outra, ele. E quando parou, não foi para recuperar o fôlego, mas para enfiar a língua na boca dele enquanto subiam de elevador para o piso superior do prédio, que por fora parecia abandonado, mas dentro abrigava um loft espaçoso, confortável e mobiliado. Ele sorriu ao se ver naquele prédio, lugar-comum em filme policial.

Abriu os olhos. Ao redor, a luz fatiada do sol iluminava um quarto também espaçoso. Além do colchão de casal, tinha uma arara cheia de roupas penduradas, dois abajures no chão, livros empilhados, objetos pessoais femininos perto de um espelho com quase dois metros de altura apoiado na parede.

A porta se abriu, e Emily entrou, nua, bandeja nas mãos, trazendo uma refeição num prato grande e dois copos com suco de morango.

Rubem sentou-se na cama e apreciou o cheiro que vinha do prato.

— Tapioca vegana! — ela disse, o sorriso espalhando-se pelo rosto, arregalando os olhos verdes.

Ela colocou a bandeja na cama entre os dois e deu um garfo para Rubem. Ele estava com fome e começou a comer, enquanto a admirava, o cabelo de fogo solto, os lábios úmidos e molhados de suco de morango. Os olhos verdes intensos que fechavam e abriam com a luz do sol que a recortava em listras horizontais por causa da persiana na janela.

Ela alcançou o livro que estava lendo. Colocou-o entre as pernas cruzadas, deixando-o tocar no sexo liso, sem pelos.

Rubem a olhava, contemplativo, como se estivesse diante de uma pintura de Degas.

— Esse prédio... — Ela soltou o garfo na bandeja e folheou o livro, procurando uma página marcada entre outras que apontara durante leitura. — De onde você tirou essa ideia de um prédio sem o décimo primeiro andar?

— Para hóspedes improváveis — ele respondeu, sem pensar, pois, como responder de outro jeito com ela à sua frente, nua, boca vermelha de morango, sexo com lábios róseos num corpo branco de clara alvura que o cabelo de fogo fazia doer os olhos diante de tanta beleza e delicadeza.

— Eu queria morar nesse prédio — ela disse, fitando-o. — Me leva pra lá.

Rubem parou de mastigar a tapioca e viu no olhar esverdeado de Emily a sinceridade do desejo que acabara de manifestar ingenuamente, como se quisesse fugir do mundo real que habitava. E ele não conseguiu imaginar outra coisa senão desejar passar o resto de sua vida com ela no prédio imaginário que ele criara, sem obedecer a nenhuma norma arquitetônica, apenas a imaginação.

Sem querer, mas talvez porque desde o metrô, quando ela o encontrou, não tirara da cabeça, soltou a pergunta:

— Meu anjo? — E a encarou.

Ela não respondeu. Tirou a bandeja que estava entre os dois e subiu sobre ele, sem peso algum, como se fosse feita apenas de alma.

35.

Rubem sempre adormecia depois do sexo com Emily. Ela também, mas despertava antes.

Anoitecia quando ele acordou, e as frestas de sol se transformaram em fissuras com as luzes da cidade. O barulho também parecia entrar fatiado pelas persianas. Pelo resto do loft pairava um silêncio que o tranquilizou e o deixou protegido, como se Emily, o seu anjo, depois de tanto sexo, o tivesse embalado e blindado com um campo de força protetor. Ele não sabia explicar que mesmo vivendo em perigo, paradoxalmente, perto dela sentia-se seguro, protegido.

Rubem acabara de completar trinta e quatro anos e Emily talvez não tivesse mais que vinte e quatro. Ela transbordava juventude. Ele acendeu o abajur que estava ao lado e viu o livro que ela estava lendo. Alcançou-o, curioso para ver os apontamentos que ela fizera. E eram vários, em muitas páginas, mas as anotações estavam em francês. Ele não lia nem falava esse idioma, porém o reconheceu, e essa surpresa o deixou feliz, mesmo que estivesse num loft, que nem imaginava onde era, metido numa trama de terroristas, com uma missão a cumprir que a cada encontro com Emily se tornava mais e mais inexequível.

Ela parara de ler duas páginas antes do final do livro. Talvez porque não quisesse chegar ao fim da história.

Por um momento, ali, naquele quarto, com um exemplar de um livro seu em mãos, pensou sobre o que certa vez o seu escritor favorito dissera: que os livros não são diferentes por causa do jeito que foram escritos, mas por causa da maneira como são lidos, que cada leitor é um novo criador da história.

Ele então observou que a pilha perto do colchão juntava apenas livros políticos e de filosofia. Entre eles, o *Manifesto comunista*, *A ideologia alemã* e *A Sagrada Família* de Marx e Engels; *O Estado e a revolução*, de Lênin. Nenhum livro de poesia ou ficção. Quando Rubem percebeu isso, recuou da intenção de colocar o seu livro na pilha e o devolveu ao chão onde o encontrara, ao lado do colchão. E estranhou ao pensar que no século XXI ainda tinha alguém que lia Lênin.

Levantou-se, saiu do quarto.

O resto do loft não tinha paredes divisórias, mas os espaços estavam definidos e integrados: sala de estar, sala de jantar, cozinha e um banheiro grande, com ofurô, cercado por um espaçoso box de vidro.

Emily deixara um bilhete na mesa da sala, embaixo de uma fruteira cheirosa com laranjas, maçãs, bananas, uvas e mangas: "Volto logo! *bisous!*".

36.

Rubem, ainda nu, andou pelo loft para espiar o pequeno mundo de Emily, onde ela habitava ou se escondia. O lugar tinha todos os eletrodomésticos que um lar precisa. A TV era grande. Rubem a ligou e ela já estava sintonizada no canal de notícias que nunca desliga. Continuavam com a cobertura ao vivo sobre a família Ferdinando. O colar com o T pendurado no pescoço dos mortos era o assunto em pauta e já tinham encontrado fotos do mesmo colar em outras vítimas de atentados anteriores.

De repente, viu surgir na tela uma portaria que se parecia com a do prédio onde ele morava. E era. Lá estava o repórter que ele viu fuçando em sua porta. Ao lado dele, um destaque na tela mostrava o rosto do escritor, uma reprodução de sua foto no perfil da rede social.

Rubem sentiu-se mais desnudado ainda ao ver o seu retrato na tela da TV. Imediatamente alcançou uma manta que estava no sofá e cobriu-se, enquanto se sentava e acompanhava estarrecido o que o repórter falava.

— A polícia não confirma, mas não nega, que Rubem Glück, famoso escritor de livros juvenis, esteja envolvido nas explosões dos carros que vitimaram o pastor Daniel Divino, o juiz Vitório Marias, a senadora Maurelli Fortes e o empreiteiro Raul Brotas, bem como na execução de ontem, por afogamento, da família Ferdinando na piscina da mansão. O enigmático colar com um T, que aparece em todos os crimes, aponta para algum tipo de organização terrorista que deixa a sua macabra assinatura. O que quer dizer esse T?

A âncora no estúdio, sentada numa poltrona, interrompe o repórter ao vivo, e com alguma urgência na voz, informa:

— Flávio, preciso interrompê-lo porque temos novas informações.
— Na tela, ao fundo, aparece um senhor de bigode branco, calvo, olhos miúdos, cara de assustado, com o microfone da emissora na sua frente. A repórter que está com ele pergunta:
— Sr. Miro, o senhor é chaveiro?
— Sim. Tenho este quiosque aqui no posto de gasolina.
— E o senhor foi chamado para consertar a porta do sr. Rubem Glück?
— Sim.
— Quando?
— Sábado à tarde. Ela tinha sido arrombada.
— E quem arrombou a porta?
— Eu não sei, mas uma senhora que mora no mesmo andar passou por mim e contou que viu a polícia arrombando a porta, entrando, revirando todo o apartamento e levando o morador preso.
— Obrigada, sr. Miro. É com você, Lianna.

Eles desaparecem da tela.

A âncora voltou a fazer contato com o repórter em frente ao prédio do escritor:

— Flávio, você está me ouvindo?... A polícia confirmou o que o senhor da fechadura acabou de revelar?

— Não, Lianna. Não confirmou nada, mas estão chegando mais repórteres. A polícia já cercou e isolou o lugar.

— E o paradeiro do escritor Rubem Glück?

— Desconhecido. De acordo com o zelador, ele não viu o escritor sair, e ninguém que trabalha na portaria viu. O carro dele ainda está na garagem. A perícia policial isolou o estacionamento e estão verificando o automóvel.

— Suspeita de bomba? — assustou-se a âncora.

— Sim. Nada está sendo descartado.

Foi quando Rubem se lembrou de Laura. Correu para o quarto, pegou a roupa que estava no chão e, enquanto se vestia, pegou o celular que Emily deixara para ele usar, protegido de ser detectado ou grampeado, e ligou para ela.

Ela atendeu na hora. Ele escutou a TV dela ligada no mesmo canal de notícias.

— Laura, não é o que você está vendo... Isso não é verdade...

— É você, Rubem?! — Feliz em escutá-lo, mas em pânico.

— Você está bem, Laura?

A voz de uma mulher respondeu no lugar dela:

— Ela ficará bem.

E desligou.

37.

Rubem estava vestindo uma camiseta, e quando passou a cabeça pela gola, se deparou com Emily à sua frente. Lá, atrás dela, no espaço da sala, depois do sofá, a TV ligada continuava mostrando a foto dele.

— Meu anjo... — ele disse, feliz por vê-la.

Ela soltou no chão uma sacola que trazia e o abraçou. Beijou-o e o encarou:

— Fique aqui comigo. Não pode sair agora. É perigoso.

— Eu nem sei do que estou fugindo e nem sei para onde posso ir... — Ele a abraçou acreditando com todo o coração que ela era mesmo um anjo e suplicou: — Me proteja.

Emily o beijou levemente na boca, se soltou dele e seguiu até a sala para tirar o som da TV. Quando ele foi atrás dela, viu que havia mais três pessoas na sala. Uma senhora, numa cadeira de rodas, ligada a um cilindro de oxigênio com dois tubos de plástico enfiados no nariz. As outras duas pessoas eram seus enfermeiros.

A senhora na cadeira parecia amável. Trajava um vestido discreto, azul-escuro, e sapatilhas pretas. Exalava uma fragrância doce e suave que harmonizava com o seu semblante de paz e simpatia.

Ela fez um gesto, e os dois enfermeiros saíram da sala.

Emily estava apreensiva e segurava a mão de Rubem com tanto carinho, que despertou a atenção da senhora. Ela sorriu e acenou para os dois se sentarem no sofá à sua frente.

— Sr. Rubem Glück, confesso que não li nenhum livro seu, mas vi que é famoso, com milhares de leitores. Um grande feito num país tão miserável culturalmente.

Rubem sentiu a boca seca, os pensamentos confusos, a vista turva. Emily percebeu e foi buscar um copo de água. Ele tomou um gole e voltou a segurar a mão dela.

— Diante dos acontecimentos — a senhora olhou para a TV ligada, sem som, no canal de notícias, ainda mostrando a foto do escritor —, você precisará ficar escondido até que tudo passe e fique esclarecido...

— Vai passar? Esclarecido? — soltou Rubem.

Emily apertou a mão dele.

A senhora precisou ajustar o oxigênio que estava recebendo no nariz. Sorriu. Tinha um envelope grande sobre a manta preta que cobria as pernas inválidas. Entregou-o para Rubem.

Rubem abriu o envelope e tirou um raio X. Colocou contra a luz. A senhora explicou, resignada:

— É um tumor maligno na cabeça. Não tive muita sorte na vida, sr. Rubem. Aos quarenta me sentei nesta cadeira de rodas e nunca mais me levantei. Dez anos depois, os meus pulmões ficaram fracos e carrego este cilindro todo o tempo comigo. Há cinco meses descobriram este câncer. Não posso removê-lo. A medicina fracassou comigo, escritor. Ou Deus. Mas o que importa agora? Tenho pouco tempo de vida.

Rubem a encarou assustado, sensibilizado com o que acabara de escutar, mas revelando com o olhar que agora algo fazia sentido para ele, que estava juntando e cruzando informações que foram surgindo desde que se enfiara naquele pesadelo. A senhora percebeu, sorriu, mas com alguma tristeza, assentiu e confirmou a suspeita do escritor:

— Sim, sr. Rubem Glück, sou uma Terminal.

38.

Emily trancou a porta após a senhora na cadeira de rodas ir embora com os enfermeiros.

Rubem fechou os olhos como sempre fazia quando ficava diante de uma página em branco e esperava surgir a continuação da história. Sempre dava certo, e ele não tinha nenhuma explicação para isso nem nunca procurou. A continuação vinha e quase sempre com boas soluções e surpresas. Tinha que deixar surgir, fluir. Imaginar é diferente de pensar. E talvez ali, naquele loft, depois de escutar a história mais inusitada de sua vida, segurando a mão, talvez da mulher mais encantadora e misteriosa que já conhecera, quis fechar os olhos e esperar que a imaginação o salvasse, que inventasse uma continuação para aquela história e que tivesse um final feliz, como em todos os seus livros.

Quando despertou desses pensamentos, Emily acabara de se deitar no sofá e colocar a cabeça em seu colo. Seus olhos verdes começaram a flutuar nas chamas vermelhas do cabelo.

— Vamos trazer algumas coisas suas...

— Minhas? Coisas minhas? — Ele não entendeu, apontando a TV e mostrando que o Brasil inteiro agora conhecia a cara dele.

— Já tínhamos pegado. Esperávamos que depois das explosões a imprensa iria atrás de você.

— Não posso ficar escondido, preso aqui, para sempre.

— Não será para sempre e ficarei com você todo o tempo.

— Mas você é vegana! — ele brincou, nervoso. — Eu adoro churrasco...

— Bobo! — sorriu e puxou a mão direita dele para dentro de seu vestido. Ela estava sem calcinha. Alcançou o controle remoto e desligou a TV.

39.

(Quinta, madrugada)

"E se Emily o seduzira para usá-lo?"

Acordou no meio da noite com esse pensamento orbitando a sua cabeça e rodopiando em todo o corpo. Emily, ao lado, dormia como um anjo. Talvez fosse mesmo o seu anjo. A energia dela lhe fazia bem, sentia ao passar a mão pelo corpo dela, sem tocá-lo.

Não fazia ideia de onde estava, em que lugar da cidade. Sabia que estava perto de alguma estação do metrô e o lugar parecia ermo, silencioso e seguro.

Precisava saber o que acontecera com Laura e falar com Layla. A agente já imaginava que ele sumiria por um tempo, se o plano desse certo. Mas o plano não estava dando certo e ele precisava conversar com ela.

Pegou uma banana na fruteira e cheirou-a. Sentou-se no sofá diante da TV desligada. Viu o seu rosto refletido na tela apagada. Só então se deu conta que precisava fazer a barba.

Enquanto comia a banana e se olhava no reflexo na TV, se pôs a imaginar o que poderia estar acontecendo com a sua vida fora daquele loft.

Suspeito de atentados e das mortes de várias pessoas, certamente era assunto em todos os canais de TV e na internet. Seu perfil nas redes sociais, a essa altura, com certeza estava sendo massacrado e sofrendo todo tipo de insulto e apedrejamento virtual. E logo se lembrou de seus parentes, de sua mãe e irmã no interior, e de todos os primos e tios.

Ele precisava contar a sua versão para se defender e se salvar de todo aquele mal-entendido.

Viu o notebook na mesa da cozinha. Estava autorizado a usá-lo. Poderia acessar a internet, configurada no modo anônimo, mas sem se logar às suas páginas nas redes sociais. Contudo, como eram públicas, ele conseguiria ver o que estava acontecendo dentro delas.

E lá estava a sua última postagem, um dia depois da moqueca de banana-da-terra. Ele postara uma foto do prato, com a receita que Emily lhe contara enquanto preparava, e um emoji de um coração vermelho.

Levou um susto ao descobrir que o número de seguidores no seu perfil na rede social aumentara vertiginosamente. Saltou dos doze mil para vinte e três milhões. Os doze mil seguidores já era um bom número considerando que tinha certa fama por conta de seus livros, que sempre apareciam nas listas dos mais vendidos e sua intensa atividade nas escolas e encontros literários. Mas olhou várias vezes para ter certeza de que agora ultrapassava a marca de vinte e três milhões.

Recuou na cadeira. Não conseguia acreditar no que via. Levantou-se e foi pegar um copo de água na geladeira.

"Mais de vinte e três milhões de seguidores!" A descoberta o desconcertou. Segurou-se na pia enquanto bebia água.

Voltou para o notebook e abriu a postagem com a moqueca de banana-da-terra.

Só então se deu conta que ela tinha mais quatro milhões de comentários com todo tipo de opinião. A esmagadora maioria das pessoas o cumprimentava pela coragem de livrar o país dos corruptos. Muitos com selfies na cozinha, preparando a receita da moqueca, ou degustando com a família ou amigos. Alguns juntavam os dois indicadores das mãos formando um T. A hashtag "moqueca de banana-da-terra" havia horas estava no topo dos *trending topics* da rede social. Alguns comentavam o post com teses elaboradas, textões, e faziam análises sociológicas e históricas sobre os últimos acontecimentos que envolviam Rubem, a moqueca, as mortes dos corruptos e o colar com o T.

Vários links apontavam para seus livros em lojas virtuais. Logo descobriu que o primeiro deles já estava no topo da lista dos mais vendidos em todas as livrarias. No site da editora viu uma mensagem de Virgínia informando que os exemplares se esgotavam rapidamente e novas reimpressões vultosas estavam sendo produzidas, que a fila de espera era imensa, mas que iam dar conta da demanda. "Demanda" era a palavra que ela mais gostava de dizer nas reuniões. Essa palavra, naquele instante, o aproximou dela e de um passado em que ele apenas ficava dias e noites inventando histórias e se encontrando com leitores; retrocedeu o vídeo algumas vezes para escutar novamente a palavra.

No site da editora havia um link para uma revista semanal onde Virgínia dera uma entrevista sobre Rubem. A bela editora estava de vestido azul curto, cabelo solto, batom e óculos, sentada à sua mesa, com uma foto de Kafka pendurada na parede azul-celeste atrás dela. Jurava que estava perplexa com o que estava acontecendo e que não tinha a mínima ideia de onde Rubem se encontrava. Confirmava o aumento assombroso das vendas dos livros do escritor, em especial do primeiro, sobre um prédio sem o décimo primeiro andar onde estranhos inquilinos se hospedavam. Indagada sobre esses hóspedes imaginários, ela deu um exemplar para o repórter e adiantou: "São escritores, matemáticos, astrônomos, poetas, como Poe, Pessoa, Galileu, Newton, Rimbaud, Whitman... Nenhum terrorista". E fez o sinal do T com os indicadores das mãos.

Ele ficou feliz de ver as mãos dela.

Ao terminar de assistir a entrevista, Rubem, mais do que nunca, desejou habitar o prédio que ele criara. Fechou os olhos e sentiu a brisa do lugar que inventara.

Percebeu a presença de Emily encostada no sofá, observando-o com ternura. Ela aproximou-se dele e o beijou no rosto, abraçando-o por trás.

— Uau! Mais de vinte e três milhões de seguidores! — ela comentou, dando-lhe mais um beijo, agora na boca.

— Eu queria os meus doze mil de antes e a minha vida de volta...

— Nunca conseguirão provar nada contra você.

Ele quase deixou escapar que já o haviam pegado. Era difícil acreditar que Emily e a Ordem não soubessem disso.

40.

(Quinta)

Rubem acordou tarde, passava das onze horas.

Emily não estava na cama e nem no loft, mas deixou um café pronto e um beijo vermelho no guardanapo.

Ele fechou os olhos e lembrou-se do sobrenome dela: De Cheshire. O gato que desaparecia e aparecia. E pensou, com angústia e curiosidade: "Para onde ela ia quando desaparecia?".

Rubem tinha dormido bem depois de voltar para a cama com Emily. Mal os corpos se encostaram, encaixaram-se.

Ligou a TV enquanto passava melado de cana na torrada. No canal de notícias que nunca desliga, viu uma repórter segurando o seu livro. Alcançou o controle remoto e aumentou o som:

— Estamos na maior livraria da cidade e vejam esta fila... — A câmera abriu o foco e percorreu uma extensa fila que saía da livraria e se perdia pelos corredores do shopping. Enquanto isso, a repórter continuou falando: — Depois da descoberta do envolvimento do escritor Rubem Glück com uma organização terrorista que está assinando, com um misterioso colar com um T, os atentados contra corruptos irremediáveis, as vendas de seus livros aumentaram exponencialmente.

A imagem mudou na tela e agora outra repórter apareceu no alto de um prédio, acenando de uma das janelas, e todas as janelas do mesmo andar estavam tomadas por pessoas segurando livros. A euforia era grande. A câmera, que estava na rua em frente, aproximou o foco da repórter que estava à janela. Ela segurava um livro de Rubem:

— Lianna, bom dia. Estou no décimo primeiro andar de um prédio num bairro da periferia e todo o andar está em festa. Trata-se de uma manifestação que está ocorrendo em milhares de outros prédios pelo país, sempre ocupando o décimo primeiro andar. Esse andar é cenário na série de aventuras do escritor terrorista Rubem Glück.

Ao ouvir a repórter se referir a ele como "escritor terrorista" Rubem se engasgou com a torrada, cuspindo-a no prato. Fechou os olhos, respirou fundo, tomou um gole de café e pegou o guardanapo com o beijo de Emily.

Na TV, a repórter continuou:

— O décimo primeiro andar é um lugar imaginário criado pelo escritor. Ele não existe no prédio das histórias, quer dizer, o elevador salta do décimo para o décimo segundo, não adianta apertar o botão 11. Mas uma turma de adolescentes, um cachorro e um velho cego, às vezes, conseguem entrar nesse andar; o elevador, misteriosamente, para nele.

— E o que eles encontram nesse andar que não existe, Marina? — perguntou a âncora, curiosa, enquanto a enorme tela no estúdio mostrava vários prédios pelo país, e até no exterior, com seus décimos primeiros andares tomados por pessoas segurando livros do autor.

A tela voltou a mostrar a repórter no prédio:

— Inquilinos célebres, Lianna. Escritores, poetas, cientistas, astrônomos, filósofos... É possível encontrar Fernando Pessoa e seus heterônimos, Newton e sua maçã, Galileu e sua luneta, Gutenberg e sua prensa...

— Que maravilha, Marina! — disse a âncora, já segurando um livro do escritor. — Estou curiosa para conhecer esse décimo primeiro andar que não existe.

A repórter retornou à tela com uma mulher ao lado:

— Lianna, estou com a moradora do apartamento em que estamos, no décimo primeiro andar... Lúcia, como se sente em morar nesse andar depois de ler o livro de Rubem Glück?

— Fascinante! Não paro de receber visitas de parentes, amigos e moradores de outros andares do prédio. Na verdade, todos nós gostaríamos de morar no décimo primeiro andar do livro.

A âncora então voltou à tela, agora sentada numa poltrona, ainda segurando o livro do escritor. Ao seu lado estava um convidado, professor de literatura de uma universidade federal.

— Professor Azis, o senhor viu a matéria e toda a euforia país afora, e até no exterior, de pessoas ocupando o décimo primeiro andar de prédios, em referência ao andar que não existe criado pelo escritor terrorista Rubem Glück.

O professor se ajeitou na cadeira:

— É preciso relacionar esse décimo primeiro andar, que não existe, na série de aventuras escritas pelo escritor Rubem Glück, ao andar debaixo, o décimo, que abriga uma biblioteca labiríntica e infinita de um velho cego e, assim sendo, o andar que não existe é uma espécie de sótão do imaginário literário dessa biblioteca fantástica e mágica. Borges, grande escritor argentino, dizia que sempre achou que o paraíso fosse uma espécie de biblioteca. Nesses tempos que estamos vivendo, o sonho de um mundo melhor idealizado pelas doutrinas políticas falhou em todas as suas experiências de poder; talvez o mundo melhor seja aquele imaginado na ficção. Vale citar Fernando Pessoa, que dizia: "Temos a literatura porque a vida não basta".

A âncora interrompeu o professor:

— Professor, temos outra cobertura. Mudando de assunto, de literário para culinário, o repórter Aldo Antunes está num supermercado e traz novas informações...

Na tela aparece o repórter cercado de pessoas, segurando um cacho de bananas-da-terra. A repórter pergunta:

— Aldo, quer dizer que a receita da moqueca de banana-da-terra é um sucesso?

O repórter aguardou o delay e falou:

— Exatamente, Lianna! A última postagem do escritor terrorista foi exatamente uma moqueca de banana-da-terra, uma receita vegana. O post, na rede social, já teve milhões de curtidas e comentários. Milhões de pessoas postam selfies fazendo ou comendo a moqueca. Viralizou, Lianna.

— Você já experimentou a moqueca vegana? — perguntou a âncora.

— Ainda não, mas estou levando os ingredientes para fazer. — O foco se abriu, e apareceu um homem ao lado do repórter, com um sorriso enorme. — Estou aqui com o gerente do supermercado, sr. Mauro, e ele contou que tiveram que reforçar o abastecimento dos ingredientes da moqueca. No estacionamento do supermercado, estão aguardando a descarga cerca de dez caminhões-baús com mais de vinte toneladas de ingredientes da receita da moqueca vegana.

Depois de os caminhões no estacionamento do supermercado aparecerem na tela, a imagem voltou para o estúdio, e a âncora, sentada numa poltrona, com as pernas cruzadas, estava com outros três convidados, além do professor de literatura.

Rubem deu outra mordida na torrada e logo reconheceu os convidados: um deles era um escritor ressentido, que ele o conhecia apenas remotamente das redes sociais, que reclamava até quando os seus livros não apareciam em lista de encalhes, sempre se sentindo preterido e injustiçado por panelas literárias e críticos, que ameaçava dar uma surra se os encontrasse pelo caminho, porque nada comentavam sobre seus livros nos suplementos e revistas literárias. Os outros dois, Rubem também conhecia das redes sociais.

A âncora apresentou rapidamente todos eles e fez uma pergunta ao mais inquieto, que não parava de ajeitar o cabelo:

— Nadir Nirson, você é um autor conhecido por escrever autoficção e fez um comentário no perfil do escritor terrorista que causou polêmica.

— Antes de entrar no assunto — o escritor cortou bruscamente a âncora —, preciso corrigir uma informação. Tenho vinte livros editados, e não dezenove; e outros vinte e três na gaveta, aguardando editoras.

A âncora retomou a conversa, acatando a correção do escritor:

— Errei por um! Nossa produção deve ter consultado uma fonte desatualizada... Mas voltando, o seu comentário provocou polêmica ao criticar o escritor terrorista pelo uso indevido do gênero "autoficção", que você alega ser o precursor no Brasil.

— O escritor Rubem Glück, conhecido por escrever livros juvenis, está comprometendo de maneira grave e perversa o gênero autoficção ao envolvê-lo numa trama terrorista com requintes baixos e apelativos de mero *reality show* literário. A ficção, posso arriscar uma opinião, nunca conseguiria inventar tal história que, de uma hora para outra, esse escritor armou, num país como o Brasil, cordial, com carnaval, futebol, samba, feijoada, caipirinha e Flamengo.

— Você está querendo dizer que ele foi muito criativo?

— Quero dizer... Ele deve estar se arriscando pela primeira vez na literatura adulta e resolveu escrever um thriller com autoficção em tempo real para promover o lançamento de seu novo livro.

— Um thriller político em tempo real? — A âncora não se conteve e se revelou fascinada com a ideia, mas imediatamente se preocupou e quis saber: — Você acha que os crimes, os atentados a corruptos são armações? Pura invenção?

— Exatamente. Veja o que aconteceu com o perfil dele na rede social depois que virou suspeito dos atentados. Saltou de doze mil para mais de vinte e três milhões de seguidores...

A âncora o interrompeu e corrigiu:

— Já passam dos trinta e um milhões, a produção acabou de me informar!

O convidado arregalou os olhos, respirou fundo e comentou, não disfarçando certa inveja:

— Nas livrarias não dão conta de tantas vendas. Gráficas inteiras foram reservadas para imprimir apenas os livros dele. Isso está desequilibrando o mercado editorial. Muitos escritores vão passar fome ou sobreviver apenas de cursos de escrita criativa.

— Como você explica isso? Um escritor que até então fazia literatura juvenil, de repente aparece envolvido em atentados terroristas...

— Trata-se claramente de uma conspiração nefasta de propaganda e marketing, envolvendo a grande imprensa e a mídia numa armação criminosa.

A âncora disparou uma pergunta para o outro escritor, depois de apresentá-lo:

— Rinald Liz, você acabou de lançar um abaixo-assinado contra o escritor terrorista e o obscurantismo na literatura brasileira?

— Lianna, acho que a produção também errou sobre os meus livros. Eu tenho dezoito editados e dezoito originais na gaveta, aguardando editora. Tenho TOC, compreenda. Preciso ter o mesmo número de livros editados e originais. E não dezoito e dezessete, como você anunciou.

— Peço desculpas. Pronto, está corrigido ao vivo! Mas eu perguntava sobre o abaixo-assinado...

O escritor confirmou:

— Isso mesmo! Trata-se de um abaixo-assinado contra o obscurantismo na literatura brasileira. Rubem Glück não nos representa. Deve ser cancelado e bloqueado imediatamente.

A âncora observou:

— Mas teve apenas duas assinaturas até agora: a sua e da colega de ofício, que está aqui com você: Nápoles V. Acertei o nome?

— Correto — a escritora confirmou, demonstrando ansiedade diante das câmeras. — Trata-se de um pseudônimo, pois sou uma escritora ativista, que luta contra o obscurantismo onde quer que ele esteja e preciso me proteger das forças maléficas.

O escritor do abaixo-assinado a interrompeu, acenando "questão de ordem" com as mãos. A âncora se espantou:

— Opa! É um "T" com as mãos?!

O escritor soltou um sorriso amarelo, desmanchou rapidamente o gesto, que julgou infeliz, e disse:

— Rubem Glück sempre foi um isentão, raramente fazia algum post político em seu perfil na rede social. Atravessou a mais densa e intensa polarização política nunca vista antes na história deste país. E o que postava? Além de falar de seus livros, é claro, reproduzia frases de escritores favoritos, entre elas uma do poeta Paul Valéry: "Nem sempre sou da minha opinião".

A âncora comentou:

— No abaixo-assinado, você o acusa de ele não ter lado na história. Quer dizer, de não estar do lado correto da história, o seu. Seria?

— Sim! Ele nunca se posicionou nem assinou nenhum abaixo--assinado contra obscurantismos diversos. Jamais participou de um Cancelamento. Claro que só pode ser porque sempre teve medo de perder suas viagens literárias, convite a eventos e de ficar de fora de prêmios panelados.

— Você também acha isso? — a âncora perguntou para a escritora.

— Sem sombra de dúvida! Nunca vi o escritor Rubem Glück se manifestar, para os seus seguidores, sobre suas opções políticas e declarar voto nas eleições. Ele nunca trocou a sua foto do perfil pela foto de um candidato para expressar e afirmar a sua devoção ideológica. Inserir, no sobrenome na rede social, o nome do candidato, jamais. Sempre criou histórias apenas para o entretenimento, nunca fez da sua arte, uma vez sequer, o fio da espada no pescoço dos fascistas...

— E dos neutros! — completou o escritor do TOC.

A âncora informou, com alguma perplexidade:

— Mas os atentados estão alcançando todos os corruptos, independentemente de partido, crença, cor e sexo.

O escritor ia falar quando a escritora o conteve e disse com sangue nos olhos:

— É claro que se trata de uma conspiração midiática para acabar com o nosso...

O professor de literatura não se conteve e observou, com alguma ironia acadêmica:

— Mas não há distinção, os atentados estão alcançando todos os corruptos, inclusive os de estimação.

A âncora recebeu um alerta no ponto e imediatamente pediu licença aos convidados e se dirigiu para a tela que passava imagens de uma multidão tomando toda a extensão da avenida Paulista.

O repórter no helicóptero começou a falar enquanto a TV mostrava milhões de pessoas na famosa avenida da cidade fazendo o T com os indicadores das mãos:

— Lianna, tão logo o presidente anunciou que tinha revogado o indulto de Natal, que ele assinara havia duas semanas para libertar e perdoar todos os crimes do ex-presidente preso, milhões de pessoas se juntaram na avenida Paulista para que o indulto não seja anulado. Nem do ex-presidente nem de todos os outros trezentos e sessenta e sete presos que estão na lista que o presidente indultara. Vale informar que essa lista é maior que a quantidade de corruptos presos, que são duzentos e cinquenta e oito, Lianna. Mas o presidente concedera o indulto natalino preventivo a cento e nove corruptos que poderiam ser presos nos próximos meses.

— Mas isso é surpreendente, Lúcio! — A âncora não se conteve. — Há cinco meses essa mesma multidão lotou a avenida

Paulista exigindo a prisão do ex-presidente que estava para receber também uma distinção do presidente em exercício que lhe dava foro privilegiado e imunidade.

— Pois é, Lianna. Mas o ex-presidente não quer sair da prisão e acaba de mandar que os seus advogados entreguem suas confissões, de próprio punho, com extratos de contas no exterior que provam que desviou centenas de milhões de dólares, talvez mais de um bilhão. E exige que a sua pena seja ampliada e não aceita regime semiaberto ou prisão domiciliar com tornozeleira, pois alega que é um corrupto irrecuperável, insaciável e voraz, e por isso deve ser privado da liberdade para o bem da humanidade.

— Mas até outro dia, ele, seu partido, advogados e militantes alegavam perseguição política, julgamento seletivo, condenações injustas, armação do PIG... — surpreendeu-se a âncora.

— Então, Lianna. E a multidão, estimada em mais de cinco milhões de pessoas na avenida Paulista, grita o nome do ex-presidente exigindo a sua liberdade. Uma manifestação que parou a cidade em plena tarde de quinta-feira, convocada nas redes sociais.

A âncora interrompeu o repórter e reapareceu na TV, de corpo inteiro. Ao seu lado direito, na enorme tela, uma repórter está perto de três restos de fogueira.

— Mirna, boa tarde. Você tem notícias sobre outro atentado, é isso?

A repórter esperou o delay e confirmou:

— Sim, Lianna. Estamos na comunidade Renascer. Esse atentado aconteceu há alguns dias e estava sob sigilo policial. A polícia tratou de abafá-lo, como se fosse uma disputa entre facções. Mas tivemos acesso ao inquérito. As duas vítimas são o ex-prefeito Orlando Mariano e o deputado federal Braulio Feitosa, que foram denunciados no ano passado por formação de quadrilha, corrupção, rachadinha, assassinatos e ligação com o tráfico de drogas, armas e empreiteiras na cidade. Morreram carbonizados.

— Mirna, estou vendo que existem três restos de fogueiras.

— Exatamente, Lianna. Nada foi informado sobre o terceiro corpo, mas confirmaram que os outros dois, juntamente com o terceiro, foram incinerados no conhecido e temido "micro-ondas", quer dizer, seus corpos foram enfiados dentro de pneus e depois atearam fogo. Nos restos do ex-prefeito e do deputado foram encontrados os colares com o T, que parecem ser forjados de um tipo de aço que resiste a altas temperaturas.

— Que horror! Que horror! — soltou a âncora.

Rubem correu ao banheiro para vomitar. Ajoelhou-se ao pé da bacia. Desmaiou.

41.

Layla entrou na sala. Pegou o controle remoto e desligou a TV, que estava sintonizada no canal de notícias. Na mesa retangular e grande estavam sentadas doze pessoas. Em pé, no fundo, outras cinco. Deu boa-tarde, apagou a luz e ligou o projetor. Apareceu a imagem de Rubem, uma reprodução de sua foto do perfil na rede social.

Ela, de pé, com um laser vermelho apontando a tela na parede, disse:

— Rubem Glück é escritor de livros juvenis de sucesso, sempre emplacando na lista dos mais vendidos, adotado em centenas de escolas. Tem trinta e quatro anos, é solteiro, brasileiro. Ateu, autodidata e apartidário.

Ela foi trocando as imagens na tela, mostrando mais fotos do escritor.

— Até agora é a única pessoa viva que encontramos ligada aos atentados contra corruptos. Confirmamos o seu envolvimento com as explosões dos carros no terceiro atentado...

— Terceiro?! — alguns exclamaram, surpresos.

— Alguma organização assumiu? — perguntou um homem que fazia anotações num bloco de papel.

— Não temos nenhum contato, apenas uma assinatura, a mesma, em todos os atentados: um colar com um T.

E foi ilustrando a apresentação com imagens na tela, valendo-se do laser para apontar detalhes.

— Todos os atentados seguem o mesmo modus operandi. Os executores morrem com os executados. Os executados são sempre corruptos recorrentes, irremediáveis e reincidentes, mesmo quando estavam em prisão preventiva, temporária ou domiciliar. Os nomes das vítimas são conhecidos de todos nós e de várias diligências que fizemos nos últimos anos em inúmeras operações da polícia contra a corrupção.

Parou de falar esperando trocar de imagem e aproveitou para tomar um gole de água de uma garrafa de plástico que trouxera.

— Na pasta que cada um recebeu, tem todas as informações até agora.

Ela continuou:

— Vou falar sobre os executores. Odilon F. Brez, o executor dos micro-ondas na comunidade Renascer, era um comerciante na rua 25 de março. Tinha setenta e cinco anos quando soube que estava com câncer agressivo no pulmão. O sr. Brez levava uma vida simples, espartana, mas andava revoltado com a situação política do país. Na juventude, lutara contra a ditadura militar. Exilou-se na França, e quando retornou da anistia, conheceu a sua esposa no avião. Casaram e tiveram um filho. Ao visitarmos a sua loja, o filho chorou a perda do pai; ele o considera um herói; uma foto dele foi ampliada, emoldurada e pendurada atrás do balcão.

Layla tomou outro gole de água enquanto mudava as imagens na tela.

— Fernando G. Matty participou do terceiro atentado, com as explosões dos carros que vitimaram o pastor Daniel Divino, o juiz Vitório Marias, a senadora Maurelli Fortes e o empreiteiro Raul Brotas. Outras três pessoas participaram, e cada uma delas tomou o lugar do motorista particular de cada vítima. A saúde de Fernando Matty, setenta e nove anos, estava por um fio, bem debilitada. O mal de Parkinson estava avançado. Diferentemente do sr. Odilon, o sr. Fernando gozava de uma boa aposentadoria; foi professor universitário de química. Vivia só, nenhum parente. Brasileiro, era o único que restava de uma família de imigrantes libaneses. Acreditamos que foi dele a autoria da fórmula dos explosivos químicos com ingredientes que podem ser comprados em qualquer supermercado. Um gênio da química, com certeza!

— *Breaking Bad!* — gritou uma policial do fundo da sala.

Layla sorriu e comentou, enquanto voltava a se concentrar na apresentação:

— Você está vendo séries demais!

Alguns riram. A policial fez um positivo com a mão direita.

Layla mudou o slide e surgiram fotos dos outros três executores:

— Os outros três terroristas não se conheciam, mas tudo indica que receberam a missão de explodir os carros no mesmo dia e horário. Também estavam desenganados pela medicina: um jovem atlético, vinte e oito anos, Leonardo H. W., tinha um coágulo no cérebro. Rogério Trude, sessenta e nove anos, sofria de leucemia.

Marcio Daliu, setenta e um anos, foi diagnosticado com demência acelerada.

— Todos os terroristas eram terminais? — perguntou outra policial, enquanto limpava os óculos.

— Exatamente. As identificações dos corpos, o contato com parentes e médicos, bem como o acesso aos últimos exames confirmaram que todos eram doentes terminais. Todos os atentados foram planejados, sempre atingindo corruptos notórios, seguindo um plano diabólico, premeditado e bem executado.

Layla salivou e resolveu tomar mais um pouco de água. Todas as informações que tinha para passar na reunião urgente pareciam pesar toneladas sobre os seus frágeis ombros. Respirou fundo e continuou:

— O atentado na mansão do senador Ferdinando foi mais ousado e teatral. Criaram e executaram uma cena de terror para a mídia explorar: os oito corpos da família Ferdinando submersos na piscina, desenhando um macabro T. Os executores, dois homens e uma mulher, que também se afogaram. Dois deles, Gustavo Lira e Cláudio Torres, eram jovens e atléticos, mas também com doenças terminais, com pouco tempo de vida. E uma idosa, Amanda Bilbo, elegante, vestido azul-escuro e echarpe de seda, cadeirante, também terminal.

Layla pegou um saco plástico com um colar com o T dentro dele e entregou para o primeiro da mesa, que depois de ver, apertar e sentir o peso, passou adiante.

Ela continuou, trocando as imagens:

— Deixei por último o primeiro atentado. O deputado federal Otto Farias foi assassinado no mesmo endereço que ficou conhecido em todo o Brasil: o apartamento onde foram encontradas dezenas de caixas de papelão abarrotadas com cinquenta e quatro milhões de dólares, de procedência criminosa. Mesmo assim, ele conseguiu na justiça um habeas corpus para se defender dos crimes em liberdade e há cinco meses estava livre e fora do noticiário. A organização terrorista o alcançou e ele foi asfixiado com um saco plástico preso na cabeça e o colar com o T pendurado no pescoço, sentado e amarrado a uma cadeira no centro de uma sala com os milhões de dólares espalhados no chão, que chegaram à altura de um metro, cobrindo parte do deputado. Pelas fotos dá pra ver que a execução teve requintes estéticos.

Ela passou alguns slides mostrando, de vários ângulos, o deputado asfixiado no centro da sala, cercado de dólares. Continuou quando parou numa imagem:

— Ao lado do deputado, o executor, o sr. Paulo Rubio, um professor de matemática, servidor aposentado, setenta e quatro anos, que descobrira que possuía um tumor no cérebro e os médicos lhe deram poucos meses de vida. Morreu do mesmo jeito com o qual tirou a vida do deputado: asfixiado, com um saco plástico na cabeça. Era um amante da poesia e participava havia décadas de um sarau poético com alguns amigos. Suspeitamos de que ele é o fundador da organização, da Ordem.

Layla mudou o slide, e o escritor Rubem Glück apareceu na tela, numa foto provavelmente feita por algum leitor durante uma sessão de autógrafos.

Ela encarou cada um na sala:

— O que temos até agora? Mortes sempre identificadas com a mesma assinatura: um colar com um T, de metal, pendurado no pescoço da vítima. Em comum, todas as vítimas estavam ligadas a investigações, processos e condenações por corrupção, lavagem de dinheiro, enriquecimento ilícito e organização criminosa. Os executores morrem com os executados, com o mesmo tipo de morte... E esse escritor de histórias juvenis.

— Como chegaram a ele? — quis saber um rapaz com cabelo comprido e fone de ouvido pendurado no pescoço.

— Rastreamento na internet. Dois dias antes das explosões dos carros, descobrimos que ele realizou uma busca na internet sobre os ingredientes utilizados na fórmula e composição das bombas usadas nos atentados.

— A fórmula do professor de química? — perguntou uma jovem com camiseta justa e de mangas curtas que ressaltava o seu físico atlético.

Layla assentiu, balançando a cabeça, encarando a jovem, mas distraída com algum pensamento.

Um senhor, de bigode, cabelo grisalho e comprido, enfiado num casaco preto, levantou a mão:

— Posso mostrar um cálculo aí na frente?

Layla autorizou e se afastou da lousa branca. O senhor aproximou-se, pegou caneta azul e escreveu, um debaixo do outro, os números: 1, 2, 4, 8, 16.

— Conhecem esta sequência numérica?

Um jovem que ficou de pé todo o tempo no fundo da sala levantou a mão e disse:

— Progressão geométrica, e a razão é 2.

Foi aplaudido por todos.

O velho senhor sorriu, concordando com a resposta, e concluiu:

— O próximo atentado vai terminar com dezesseis corruptos.

42.

Rubem acordou no quarto, no colchão. Anoitecera.

Não se lembrava de como chegara lá, pois a última coisa que recordava era que se ajoelhara no banheiro para vomitar. Sentiu o gosto azedo dessa lembrança na boca. Decidiu escovar os dentes.

Levantou, sentindo-se um pouco tonto, as pernas bambas. A porta estava aberta, e ele escutou barulho de chuveiro. Emily banhava-se. Ele se aproximou e ela sorriu para ele, abrindo a porta, puxando-o para dentro do box.

Depois do banho, ela o enxugou com ele sentado numa banqueta diante do espelho. Ela enrolara uma toalha no cabelo.

Emily começou a cantar uma canção francesa e Rubem se deixou levar pela sua voz doce e suave. Depois de secá-lo, ela o levou para cama, sempre cantando.

Deitaram-se, se abraçaram e adormeceram.

43.

Rubem despertou com barulho na cozinha.

Emily preparava o jantar, como sempre, nua. O cabelo ruivo, solto, cobria boa parte do corpo dela.

— E no inverno, como você cozinha? — ele quis saber, brincando, admirando-a na pia enquanto picava cenoura, tomate cereja e azeitonas verdes.

— Eu nunca sinto frio — mostrou a língua, sorrindo e ficando na ponta dos pés para pegar uma garrafinha que fez questão de anunciar o que era: — Linhaça dourada! — E depois pegou o azeite e o sal rosa.

Ele não sabia o que era, nem o sabor, mas ficou com água na boca. Voltou a olhar o seu perfil na rede social. Milhões de novos seguidores e a maioria admirando o escritor como herói, fazendo *selfies* com os seus livros, comentando suas leituras.

Encontrou alguns amigos procurando-o nos comentários, pois ele não podia se logar para ver as mensagens *in box*. Eles estavam atônitos com tudo o que estava acontecendo e não disfarçavam a surpresa de ver Rubem envolvido em atentados terroristas. Alguns contavam passagens da adolescência para mostrar que o escritor era uma pessoa legal, pacífica e do bem.

Emily fechou o notebook e o colocou de lado. Trouxe a comida para a mesa, uma salada de macarrão de arroz gravatinha com maionese de cenoura, numa mesma tigela, com dois garfos, um para cada um.

Rubem levou à boca uma garfada e suspirou:

— Que delícia, Emily... Essa maionese...

— Maionese vegana... com cenouras e chuchu cozidos, azeite, alho e cebola desidratados e uma pitada de cúrcuma...

— Fala de novo "cúrcuma" — ele pediu, sorrindo, o olhar mergulhado nos olhos verdes dela.

— Cúrcuma... — E colocou uma garfada na boca dele.

— Outra vez — pediu com a boca cheia.

Ela o encarava, se divertia e ria.

44.

Após o jantar e mais sexo na sala, o celular de Emily tocou. Ela o atendeu, levantou-se, vestiu-se e, enquanto calçava o tênis, disse para Rubem, que a observava ainda deitado no sofá.

— Preciso sair, mas volto logo. Você está seguro aqui.

— Você se esqueceu de vestir a calcinha...

— Eu nunca uso, amor.

Gostou de ouvi-la chamá-lo de "amor".

Emily percebeu e sorriu para ele. Foi pegar uma sacola na pequena sala com a porta que estava trancada. Ele então descobriu que a chave ficava guardada num prego atrás de um pequeno quadro com uma foto da catedral de Aparecida do Norte.

Ela o beijou demoradamente e se foi.

O beijo dela grudou nele uma felicidade que tomou conta de todo o seu ser e ele fechou os olhos para ouvir indefinidamente ela chamá-lo de "amor".

Olhou para a porta e para o pequenino quadro com a recordação de uma viagem a Aparecida do Norte. O beijo de Emily desarmou sua curiosidade e fortaleceu a sua confiança nela. Se aquele cômodo estava fechado era porque tinha coisas que não deveriam ser vistas. E achou que quanto menos soubesse, melhor seria.

45.

Virgínia estava dormindo pouco e trabalhando muito. Sua equipe foi ampliada urgentemente; agora contava com três salas na editora e oito pessoas cuidando exclusivamente das obras de Rubem Glück, em tempo integral. Solicitações internacionais para a compra de direitos autorais dos livros não paravam de chegar. O mundo queria conhecer as obras do escritor terrorista. Essa alusão pejorativa ao seu autor favorito na editora a incomodava, e quando podia, ela dava a sua opinião sobre o escritor e amigo: que era uma pessoa amável e desde que entrara na editora, a cada livro novo, ela percebia que ele nunca conseguiria criar um vilão em suas histórias e muito menos se tornar um na vida real.

Naquela manhã de quinta, ela dormira no escritório. Havia se adaptado para isso quando o volume de trabalho aumentou descomunalmente. Acordou com o segurança batendo à sua porta.

— Tem um senhor que quer falar com a senhora. Pediu para entregar este envelope.

Ela ainda estava descalça, de pijama. Procurou os seus óculos na mesa, abriu o envelope e rapidamente pediu ao segurança:

— Pode deixá-lo entrar, mas espere cinco minutos para eu trocar de roupa. E traga um café, por favor, sem açúcar.

Virgínia deu um gole no café e suspirou agradecida. Diante dela sentou-se um senhor idoso, magro, de terno e gravata. Usava gel no cabelo curto e grisalho. Dominava o bom português e tinha o olhar e os movimentos cuidadosos e atentos de um advogado. E era.

Ela saiu na frente:

— O senhor é advogado do ex-presidente? Já o vi em matérias na TV...

— Tento evitar tanta exposição, mas o assédio midiático é insaciável.

Virgínia suspirou de tédio. Não conseguiu evitar.

— O que o senhor deseja?

— Meu cliente quer negociar.

— Negociar?! — Ela sinceramente não entendeu.

— Vou ser bem claro, sra. Virgínia Silveira. O meu cliente teme que também esteja na lista...

— Lista?! — Ela foi novamente sincera ao não entender o que ele estava falando.

— Os atentados, as execuções, o T... — O advogado avançou o corpo sobre a cadeira e aproximou-se dela, como se quisesse confidenciar. — Temos informações que uma organização terrorista tem uma extensa lista de execuções de políticos, religiosos, latifundiários, ministros, juízes e empresários corruptos.

— Então o seu cliente acredita que o nome dele esteja na lista. Ele é corrupto? Tem algo a temer?

— Por favor, sra. Virgínia, não julgue antecipadamente, como faz a mídia e as redes sociais. O meu cliente está sendo investigado, mas até agora não existem provas, e vivemos num Estado democrático de direito, que garante a qualquer cidadão a presunção de inocência. Enfim, tudo sempre foi feito estritamente dentro da lei e com as contas aprovadas pelo tribunal competente. Mas ele está disposto a negociar com a organização.

Virgínia tomou todo o resto do café num só gole.

— Como eu poderia ajudar? — E se sentiu dentro de uma história policial ao fazer a pergunta.

— Conversando com o escritor terrorista...

— Eu não sei do paradeiro dele desde que essa confusão começou. — E levantou-se, indicando com um gesto para que o advogado fizesse o mesmo.

Antes de sair, ele a encarou:

— Se encontrar o escritor, diga-lhe que o meu cliente está profundamente arrependido de ter roubado tanto, por tantos anos, e está disposto a devolver tudo, e é muito, sra. Virgínia Silveira. Muito mesmo! Uma fortuna imensurável. Ele devolverá tudo o que roubou. Está disposto a aceitar qualquer pena, sem recorrer; promete apelar para aumentar os seus anos de reclusão em regime fechado; e pode ser no presídio mais desumano e decadente que houver. Ele assina, de livre e espontânea vontade, todas as confissões, anexando provas, documentos, áudios, vídeos, testemunhos, mas em troca deseja apenas que tenham piedade dele: ele não quer morrer com um T pendurado no pescoço.

46.

Paulo Rubio acabara de sair da UTI.

Foi transferido para o apartamento 122 do décimo segundo andar do hospital.

Não teve esposa, filhos, nem irmãos. Solteiro, passou a vida entre os amigos que fez na adolescência e na faculdade de matemática. Juntou uma pequena fortuna, sem querer, por conta de não ter família e ter herdado a casa onde morava e vários imóveis na periferia, que alugava ou vendia quando resolvia fazer as malas e conhecer algum lugar no mundo. Desde jovem, tinha o hábito de jogar o livro do poeta Arthur Rimbaud na mochila e se perder em cidades decadentes da América Latina.

Ao abrir os olhos no leito do hospital, encontrou Utelo e Homero, um de cada lado da cama, os dois grandes amigos de toda a vida. O mais alto e magro, com olhos piedosos, Utelo, com setenta e sete anos; e Homero, baixo, gordo, calvo, com olhos de menino, com setenta e nove.

Utelo tirou do bolso uma garrafinha de uísque e deu para Rubio, que ficou imensamente feliz, se ajeitou no leito até ficar sentado, e deu um bom gole.

— Coloca o resto no soro. — Riu e apontou a bolsa pendurada que gotejava dentro de um tubo fino de plástico para a infusão intravenosa que entrava pela agulha enfiada em sua veia.

— Você vai sair logo daqui — comentou Homero, também tomando um gole do uísque.

— Num caixão talvez... — ironizou Rubio, não disfarçando a preocupação e o medo.

— Não fale assim, Rubio. — Utelo tentou animar o amigo. — Sábado retomamos nosso sarau poético e vamos abrir uma garrafa de bourbon.

— Estou terminando, amigos — ponderou Rubio, com visível cansaço nas palavras.

— Todos os três! — concordou Utelo, — mas vivemos muito e bem. Porra! Botamos pra foder muitas vezes.

Os três riram alto. Uma enfermeira veio ver o que estava acontecendo e pediu silêncio.

A TV no apartamento estava ligada, mas com o som zerado. Rubio se interessou por algo, alcançou o controle remoto e aumentou o som. Comentou, desanimado:

— Vou morrer e não ver nenhum corrupto filho da puta na cadeia, cumprindo a pena, mas pena mesmo, sem essa palhaçada de indulto natalino e tornozeleira em casa, comendo caviar e tramando mais roubos.

Os dois amigos sentaram-se em poltronas perto da cama. Rubio divagou, como se os amigos não estivessem presentes:

— Talvez eu possa dar algum sentido à minha morte, alguma dignidade.

Os amigos falaram juntos:

— Pare de falar em morte, Rubio!

47.

Rubem levantou-se do sofá, deu uma volta ao seu redor, como se precisasse movimentar o corpo para digerir o que acabara de escutar. Parou diante de Emily, pegou em suas mãos e a encarou, agachado.

— Então foi assim que tudo começou?

— De uma brincadeira entre amigos que tinham um compromisso semanal, sempre na biblioteca do Rubio: um sarau poético.

— Três amigos terminais?! Os três?

— Não, só o Paulo Rubio. Ele saiu do hospital com tumor no cérebro. Teria apenas alguns meses de vida, talvez quatro, sendo que nos dois últimos, os médicos foram sinceros, ele perderia a visão e só suportaria as dores com altas doses de morfina.

— Aí eles bolaram esse plano diabólico.

— Fundaram a Ordem dos Terminais — ela revelou, com certo orgulho. — Surgiu ali, na biblioteca do sr. Rubio, com os três. Criaram a Ordem e o código, e começaram a escolher os corruptos.

— Não, Emily, não conte mais nada... Não quero saber e acho melhor não saber.

Emily encarou Rubem nos olhos, com ternura e cautela. Segurou suas mãos, aquecendo-as, pois estavam geladas, e disse:

— Rubem, você vai saber de tudo. Você não está aqui à toa.

48.

Paulo Rubio passou a tarde relendo *Une saison en enfer*, de Rimbaud. O exemplar da edição no original da maior obra do poeta francês o acompanhara em dezenas de viagens e estava cansado assim como o seu leitor apaixonado. Os dois se perderam em várias cidades na América Latina; o livro sempre enfiado na inseparável mochila puída.

Rubio, com o livro no colo, aberto na página 48, olhou ao redor para se despedir de sua biblioteca, de todos os livros, dos poetas que por anos foram a sua companhia, uma agradável companhia. O velho relógio badalou e anunciou que chegara a hora, tão melancólico e triste, como se pressentisse que era uma despedida. Ele guardou o livro na mochila e a pendurou no ombro. Seria a última viagem dos dois a um lugar decadente.

Ao chegar, recordou os parágrafos iniciais do *Outono do patriarca*, quando encontrou a porta destrancada e bastou empurrá-la para entrar. Avançou sem pressa por caixas e caixas de papelão que estavam por todos os lados, em todos os cômodos. Seguiu por um corredor estreito com caixas empilhadas até o teto. Um fedor de notas de dinheiro se misturava a um odor de incensos de mirra acesos pelos cantos.

Parou diante da porta do último quarto no final do corredor. Ao empurrá-la devagar, encontrou um ser balofo, sentado numa mala, diante de pilhas de dólares, pesando outras pilhas de dinheiro em uma balança digital de precisão, com um charuto enorme aceso na boca.

Rubio olhou ao redor, e ainda pensando nos parágrafos iniciais do livro de Gabriel García Márquez, imaginou que talvez encontrasse alguma vaca pastando no verde gramado dos milhares de dólares derramados no chão.

O ser balofo só se deu conta da presença de Rubio quando a sombra do intruso se derramou sobre suas mãos gordas melecadas de saliva e cheias de dólares.

Na mochila com o livro do poeta francês havia um colar com o T, dois sacos plásticos, duas abraçadeiras de nylon grandes e uma lata de cerveja gelada, o suficiente para iniciar o plano diabólico dos Terminais.

49.

Emily estava no ofurô. Rubem a encontrou ali depois de dormir um pouco. As luzes estavam apagadas e ela acendera algumas velas, espalhadas ao redor. Pediu para Rubem se aproximar. Ela o despiu e o puxou para dentro da água. Ele chegou a fechar os olhos. Emily e seu mundo eram um sonho para ele. Quando abriu os olhos, ele a viu segurando duas taças de vinho. Brindaram. Na dúvida, hesitou:

— A...

Ela, como se tivesse a resposta pronta na ponta da língua e no olhar verde, disse:

— A toda vida que resta...

Ela imediatamente alcançou o livro dele, que estava lendo.

Chegou a molhar algumas páginas com a espuma perfumada:

— Como eu queria morar nesse prédio — confessou ela, feliz, beijando a página, que ficou manchada com a marca de seus lábios.

— Por quê?

— Porque lá a vida é tão boa. É assim que eu queria para o mundo, para todos... O mundo inteiro morando no décimo primeiro andar, no andar que não existe, e o décimo andar abrigando uma biblioteca infinita e labiríntica cheia de boas histórias.

— Mas é ficção, Emily.

— Por isso é um lugar maravilhoso!

— Mas o lugar que Marx, Engels, Lênin prometiam... Eles também o imaginaram...

Ele percebeu que usou a palavra errada. Corrigiu:

— Idealizaram...

— Eles não o criaram, como você. Era promessa... É diferente.

— O lugar imaginário que eu criei é a irrealidade da realidade...

— E será eterno, meu amor.

— Imortal! — corrigiu Rubem, e sorriu por escutá-la chamando-o novamente de "amor".

Emily tomou um gole de vinho, soltou o cabelo, abraçou-o e o beijou.

50.

(Sexta, madrugada)

Acordaram no meio da noite com alguém batendo à porta. Estavam nus na cama. Emily levemente, quase flutuando, passou por cima de Rubem, abriu uma pequena caixa de papelão, pegou um revólver, armou-o e pediu para Rubem ficar onde estava, em silêncio.

Nas pontas dos pés, ela saiu do quarto, atravessou a sala, encostou-se na parede ao lado da porta e relaxou. Como se tivesse adivinhado quem estava do outro lado, desarmou a arma e abriu a porta.

Um velho, usando um andador, entrou, acompanhado por uma enfermeira. Seguiu até perto do sofá. Ao parar, encarou Emily, com olhos negros e afetuosos, sem se incomodar com a nudez dela, segurando a arma:

— Boa noite, Emily. O escritor?

— Estou aqui — apresentou-se Rubem, com um lençol enrolado no corpo e dando uma manta para Emily se cobrir.

— Uma dose de uísque, Emily, *on the rocks* — pediu o velho.

Emily o atendeu.

Ele deu um gole, abriu um sorriso.

— Sentem-se — pediu ele apontando o sofá.

Rubem se sentou. Emily foi guardar a arma no quarto. Voltou e sentou-se ao lado de Rubem. O velho avançou com a cadeira de rodas até perto deles.

— Sr. Rubem... O corpo humano é uma máquina e tem o seu tempo de validade. Muitos têm a felicidade de viver sem saber quando irão morrer. — O velho tomou outro gole de uísque.

Emily soltou duas lágrimas.

51.

Rubem não conseguiu dormir depois da visita do senhor na cadeira de rodas.

O escritor passou o resto da noite contemplando o sono de Emily ao seu lado na cama. A luz fraca do abajur iluminava o revólver, e ele se flagrou não estranhando a cena. Não conhecia armas, mas parecia se tratar de uma automática, leve, com grande poder de fogo e destruição.

O velho passara para combinar algo com Emily. Conversaram reservadamente por algum tempo enquanto Rubem foi ao quarto vestir uma roupa. Ela continuou com a manta enrolada no corpo e recebeu um envelope que guardou na bolsa.

O dia amanhecia e prometia uma manhã ensolarada, de céu azul-celeste. O cheiro do café dissipava o sinistro e sombrio segredo que pairava naquele esconderijo onde morava Emily, embora bastasse ela andar pelo lugar para ele não desejar outra vida.

Outra vida?

Outra história?

Estava aprisionado em uma nova história e não conseguia imaginar como ela terminaria. Ao pensar na possibilidade de término, ocorreu-lhe que Emily guardava um grande segredo sobre ela. Sentiu que a perderia em breve, que ela sabia disso e por isso o capturara para viver com ela. E se percebeu impotente quando lhe ocorreu que ele provavelmente teria o mesmo fim que ela. Como ter a sua vida de volta depois de passar pelo que estava passando, depois de entrar naquela trama de terror e amor.

Emily se aproximou e o abraçou por trás. A cafeteira exalava o cheiro do café que se espalhava pelo loft. Quando se virou, viu que ela derramara algumas lágrimas. Emily tratou de enxugá-las e se desculpou:

— Estou tão feliz que você esteja aqui comigo.

— Eu gostaria de dizer o mesmo, quer dizer, estou, mas me sinto prisioneiro.

— É para o seu bem, para sua proteção. No momento certo você vai saber tudo o que precisa saber.

— Quero a minha vida de volta. — E a encarou, olhos nos olhos.

— Sem mim? — ela suspirou, enquanto aproximava a sua boca da dele.

— Com você...

— Impossível, Rubem.

— Não pode ser impossível... É só sair daqui... — e apontou a porta — ... abrir e ir embora.

— Não posso, não quero... — ela repetiu duas vezes, beijando a boca dele, levemente.

— Tudo isso é uma loucura. — Ele a abraçou como se quisesse protegê-la.

Ela apertou o abraço:

— O mundo lá fora é uma loucura. Temos que fazer alguma coisa para mudar isso.

— Terminando...

— Sim, terminando. A violência é a continuação do diálogo, por outros meios.

52.

Layla já se encontrava na sala quando os policiais da força-tarefa chegaram, o olhar atento nos dois murais com as informações afixadas sobre a investigação. Estava com o cabelo solto, que ajeitou rapidamente com as mãos. Vestia uma malha fina branca com as mangas arregaçadas realçando a pele negra dos braços. A calça jeans era justa e ela calçava sapatilhas. Estava leve, como se tivesse chegado de um passeio no parque.

Olhou várias vezes para o celular. Havia dias aguardava uma ligação de Rubem. O escritor estava sumido, sem dar notícias.

No entanto, nenhuma informação de que ele estivesse morto. E certamente ele não fizera contato para não se expor.

Quando se virou, todos já estavam sentados. Ela pediu para apagar as luzes e conduziu o projetor com um controle remoto, enquanto usava um laser para apontar detalhes nas projeções.

Surgiu a foto de um político, um flagrante veiculado na mídia quando a polícia o algemou em seu apartamento num condomínio de luxo na capital.

— Estamos acreditando que o deputado federal Ólio Castro será a próxima vítima dos Terminais. Ele está preso, em cela de segurança máxima, mas já tinha um habeas corpus concedido havia duas semanas. Seus advogados fizeram de tudo para derrubar o habeas corpus desde que os Terminais surgiram, mas ele será solto amanhã de manhã. Está desesperado e fez uma carta de próprio punho criticando a irresponsabilidade da Justiça ao colocar um corrupto confesso e irrecuperável em liberdade.

Layla trocou de imagem e apareceu o deputado saindo de um motel.

— Ele tem uma amante que não o visitou na cadeia, mas quando estava em liberdade, toda quinta-feira iam para um motel fora da cidade. Acreditamos que quando ele sair da prisão, vai correr para se encontrar com ela, antes da família. Estamos convencidos de que os Terminais provavelmente conheçam a rotina dele e, é claro, vão querer terminá-lo na cama, com a amante. Até agora nenhum crime da Ordem envolveu outra pessoa além do alvo, que estivesse acompanhando o corrupto.

— Como sabem que ele será o próximo terminado? — indagou o rapaz com cabelo comprido e sempre com fones de ouvido pendurados no pescoço.

— Estamos monitorando os próximos dezesseis alvos prováveis. Os crimes sempre acontecem com corruptos que estiveram ou estão demasiadamente expostos na mídia e que conseguiram se safar da prisão várias vezes.

— Mas então são centenas... — ironizou o rapaz, provocando risadas no pessoal.

— Sim, mas este está em evidência nos últimos dias, e os Terminais não planejam com muita antecedência. Como sabem, eles não têm muito tempo.

— E o escritor? — perguntou uma moça de cabelo curto e óculos finos, que nas reuniões mais desenhava do que anotava.

— Rubem Glück está desaparecido, perdemos o contato com ele. Não estamos insistindo em contatá-lo para não prejudicá-lo. Está infiltrado na Ordem. Até onde sabemos, está em algum *bunker* aqui na cidade.

53.

Emily abriu os olhos e não reconheceu onde estava. Sorriu, pois se sentiu viva e não esperava isso. Mas logo em seguida sentiu dor nos dois pulsos. E então percebeu que falhara.

Uma senhora de branco a olhava, sorria com ternura e compaixão. Seu olhar castanho-escuro era sincero e meigo atrás das lentes dos óculos. Segurava uma pequena bandeja com dois copinhos de plástico. Deu o primeiro para Emily.

— Tome, querida. Você está sã e salva.

54.

Emily chegou ao apartamento esbaforida.

Fechou a porta da sala e se escorou nela. Olhou a janela à sua frente e desejou sair correndo, saltar através dela, mas recuou da vontade, apenas andou até ela, debruçou no parapeito e olhou lá embaixo.

Viu o carteiro chegando ao prédio, apertando a campainha do portão de ferro, acenando para o seu Carlos, o zelador, que regava o jardim e havia pouco a cumprimentara com um sorriso amável quando ela chegou da rua, correndo; nem esperou o elevador e subiu os nove andares saltando de dois em dois degraus.

Lá embaixo, viu também, do outro lado da rua, a sra. Nair que, voltando do supermercado com uma sacola, estava esperando que os carros passassem para ela atravessar. Era segunda-feira, e ela sempre começava a semana com um bolo de laranja no forno. A janela aberta deixava escapar o cheiro que subia e entrava no apartamento de Emily. Então tocaria o interfone, como acontecia toda segunda à tarde, a sra. Nair convidando-a para uma fatia de bolo, chá de jasmim e poesia francesa.

A sra. Nair atravessou a rua, sempre olhando para os dois lados, e ao chegar ao portão do prédio cruzou com o sr. Valdemar, do décimo andar, que também apreciava bolo de laranja e poesia francesa, e estava saindo com Igor, seu cachorro, que não parava de abanar o rabo e cheirar tudo, e logo foi cheirar a pequena Luísa, que estava chegando da escola e acabara de saltar da van, puxando a mochila de rodinhas. Sorriu ao vê-la e lembrou que sempre, no final da tarde, a menina batia à sua porta para escutar histórias dos livros infantis que Emily tinha.

Emily recuou de sua tentativa de saltar, fechou a janela e se convenceu de que o seu salto entristeceria pessoas que estimava muito e destruiria o belo jardim de azaleias e margaridas.

55.

A médica, sentada do outro lado da mesa, olhava para ela. O olhar queria fuçar dentro de Emily como a tomografia e a ressonância fizeram por três vezes, para afastar qualquer erro ou engano. E ficou olhando para o frágil corpo à sua frente por intermináveis instantes.

— Não tem cura? — murmurou Emily, com os olhos úmidos e tristes, as mãos entrelaçadas.

A doutora apenas fechou brevemente os olhos para encontrar as melhores palavras para responder. Não encontrou, mas Emily entendeu cada letra silenciosa.

— Quanto tempo?

— Quatro meses, mas talvez quatro meses com alguma dignidade.

56.

"Quatro meses com alguma dignidade."

Essa frase não saía dos pensamentos de Emily. Grudou nela, passeou com ela por todo o trajeto até voltar para casa. Quando chegou ao quarteirão do prédio, Emily começou a correr para perder a frase ao virar uma esquina.

Mas bastou fechar a janela da sala para a frase gritar dentro dela. Emily também gritou e despencou no chão, chorando, sentada, o rosto enfiado nos braços apoiados nos joelhos.

"O que são quatro meses com dignidade?"

O que ela quis dizer com isso? Que não ficaria presa numa cama, intubada? Que não dependeria de outros para comer, beber, tomar banho, mijar, cagar. Que poderia terminar de ler os nove livros que comprara na Bienal. Que poderia visitar o museu da cidade e se despedir de Degas. Mas não daria tempo para passar a noite de Natal com a sra. Nair. Nem viajar nas férias para Paris, seu maior sonho. Nem comemorar o próximo aniversário.

Saiu para caminhar, o cartão de crédito na bolsa e uma vontade de se embriagar, tomar chuva, acordar na cama de qualquer um, pois nem namorado tinha naquela hora inesperada e cruel da vida.

Deu numa igreja aberta, a missa quase no fim, a hóstia. Entrou na fila e comungou. Ajoelhou-se ao lado de um rapaz que olhava a imagem de Cristo com profundo ceticismo. E quando ela se sentou, viu que ele segurava um envelope de exame médico do mesmo laboratório onde descobrira seu tumor. Por impulso, perguntou:

— Quantos meses com alguma dignidade?

O rapaz, com a barba por fazer, cabelo preto curto e desarrumado, olhos negros, virou-se para ela e respondeu, com lágrimas nos olhos:

— Três.

57.

Emily terminou aquela noite na cama do rapaz, no apartamento dele, no décimo oitavo andar de um prédio no centro velho da cidade; sem ventilador, quente, abafado, com a janela da sala escancarada, que dava para uma antena no alto de um prédio e para todo o barulho da cidade que a deixou à vontade para gritar ao gozar. E gritou várias vezes.

Ela acordou no meio da noite. Olhou-se no reflexo da janela, misturando o seu rosto, o cabelo preto, liso e curto, com as luzes dos prédios da cidade e da antena.

Despertou com a frase da médica, que ia e voltava: "Quatro meses com alguma dignidade". O que fazer em quatro meses?

No reflexo do vidro da janela viu que na parede às suas costas tinha um pôster enorme de Lênin, discursando para uma assembleia de operários. Virou-se e foi até ele. Abaixo do pôster viu vários livros empilhados. Ela sentou-se no chão e começou a mexer neles.

Mas logo correu para o colchão no chão da sala da quitinete. O rapaz se agitava, gemia, esfregava as mãos nas pernas, se encolhia, se debatia, depois se esticava.

Ela tentava acordá-lo e só então se deu conta que nem sabia o nome dele, nem ele, o dela. Mas ele despertou, suado, sem forças.

— Essas convulsões me levaram aos exames e os exames descobriram o coágulo no cérebro. Tenho que tomar o remédio para controlar as crises; às vezes, esqueço, ou não quero.

Ela trouxe um copo de água para ele. Ele estava bem, já olhando-a com carinho e excitado com ela ali, nua, em pé, o sexo diante do rosto dele.

— Você é linda!

Ela sorriu.

— Vamos trocar exames? — ele perguntou, depois de olhar o envelope dela jogado no chão.

58.

Leonardo era ativista independente, de esquerda e ateu. Não era mais filiado a partido algum. Já tinha sido militante de três partidos, que foi trocando de cima para baixo, como ele mesmo explicou para Emily: do grande para o insignificante. Foi quando teve a certeza de que não se encaixava em práticas e rotinas doutrinárias de partidos que simplesmente renunciavam aos princípios tão logo chegavam ao poder. Decepcionado com as experiências da esquerda nos governos, resolveu abandonar a militância partidária.

"De cada um conforme a sua voracidade, a cada um segundo a sua insaciedade." Foi a frase que capturou Emily tão logo ela entrou no banheiro no apartamento de Leonardo e a viu escrita na parede ao lado do vaso.

Há quase um ano Leonardo descobriu-se com uma doença irreversível. Seu fim estava próximo, e a cada exame isso ficava mais evidente. O último exame indicava que não lhe restava pouco mais de três meses de vida. "Três meses com alguma dignidade."

59.

Leonardo e Emily marcaram uma consulta com a mesma médica, no mesmo dia e horário. Queriam saber o que era viver os últimos meses de vida com dignidade.

A médica, ao telefone, passou outro endereço.

Na hora marcada, Leonardo e Emily apertaram o botão 9 na entrada de um prédio antigo, no centro de São Paulo, de quatro andares, mas com um elevador com porta pantográfica em bom estado.

Desceram no terceiro andar e logo avistaram, no escuro, a porta do apartamento 9 aberta. Uma música de Mozart escapava lá de dentro, discreta.

Entraram.

O corredor, com dois abajures acesos, dava numa ampla sala com sofás, poltronas, estantes com livros, outros abajures, uma janela larga com cortina.

Um senhor, sentado numa poltrona, com as mãos apoiadas numa bengala em pé entre as pernas, surgiu ao lado do abajur, que iluminou o seu semblante cordial e o sorriso afetuoso no rosto. Atrás dele, em pé, a médica.

60.

O senhor na poltrona, extremamente magro, era Utelo, amigo de Rubio. O cabelo estava comprido, e ele o prendera fazendo um pequeno rabo. Usava óculos com lentes redondas. A barba por fazer. Sobre as pernas, uma edição original do livro, *A Brief History of Time*, de Stephen Hawking.

Ele, sempre com um sorriso afável e sincero, apontou o sofá para Emily e Leonardo. Na mesinha de centro, avistaram uma espécie de colar com crucifixo, mas a cruz sem a parte de cima, sem a parte da cabeça, formando um T.

— Alguns meses com alguma dignidade — o senhor falou, como se estivesse pensando alto. Olhou para a médica que, com um breve sorriso, saiu silenciosamente da sala.

Emily pegou o colar sobre a mesa. O T era feito com algum tipo de aço e reluzia com as luzes dos abajures. Era um pouco maior que a mão aberta de Emily, cerca de dez centímetros. O colar era simples: o T em aço liso pendurado num fio fino, também de aço.

Emily passou o colar para Leonardo, e os dois não o sentiram pesado, mesmo sendo feito de aço.

O velho sorriu e disse, enigmático:

— Ele pesa conforme pesa sobre a pessoa todo o mal que ela fez aos outros; para alguns, o peso é insuportável.

Leonardo devolveu o colar à mesa.

— T, de Terminal — disse o velho. — Estou morrendo. Terminando minha passagem por aqui. Talvez cinco meses de vida. Nada além de uma breve despedida deste mundo. Ainda posso ficar de pé, caminhar alguns metros, mas o cansaço me derruba. Optei por aproveitar a energia que me resta para reler alguns livros. Seriam muitos, pois minha biblioteca é imensa. — Seus olhos percorreram toda a extensão das estantes no outro lado da sala. Leonardo e Emily o acompanharam. — Releio a *Breve história do tempo*. Ele traz a certeza que abala a nossa existência e os nossos credos: se Deus algum dia existiu, Ele foi desnecessário.

Leonardo sorriu. Emily não tirava os olhos das palavras do velho.

— O que é ter alguns meses de dignidade? — ele continuou, fitando Emily e Leonardo. — Eu vou um pouco mais além: o que seria morrer com dignidade? Tenho apenas alguns meses pela frente e toda uma vida vivida vendo pessoas que existem apenas para roubar o próximo. E se abrigam no poder para se tornarem impunes, inalcançáveis pela justiça, vilões com mandatos políticos que os blindam e lhes garantem impunidade para continuar roubando, pilhando o dinheiro público ao nascer de cada dia.

Ninguém, nenhuma força, ao longo de toda a história, conseguiu terminar com essa maldição deplorável.

— Terminar... — deixou escapar Emily, e olhou para o colar, que reluzia sobre a mesa.

61.

Rubem deu um murro no colchão, inconformado com o que escutara. Fez as contas rapidamente e chegou ao triste resultado:

— Mas você já deveria estar morta ou... — Imaginou-a morrendo num atentado.

Ela ficou em pé. Estava nua, o sexo liso, os lábios róseos. Pegou o cabelo e o tirou da cabeça. Era uma peruca. Estava careca, lindamente sem um fio de cabelo na cabeça.

— Terminei a quimioterapia há dois meses e não deu certo. Perdi o cabelo e todos os pelos do corpo... — Então ela girou o corpo e curvou-se, esticando os braços suavemente, como numa pintura de Degas.

Ela o encarou, e dos olhos de esmeradas escorreram duas lágrimas claras.

Rubem enxugou as lágrimas com os polegares, segurando o rosto dela, beijou-a e disse:

— Anjos não morrem...

62.

A revista semanal mais famosa do país estampava na capa a foto de Bruno Almeida. Em matéria exclusiva, os jornalistas encontraram o artesão que confeccionou os colares com o T, e a manchete viralizou nas redes: "63 Ts foram fundidos em aço damasco".

Na matéria, além de trazer uma entrevista com o artesão, os jornalistas também entrevistaram um matemático que explicou os cálculos da progressão geométrica. Que não era previsão, mas uma exatidão matemática, com o quociente igual a dois, anunciando que o novo atentado terminaria com dezesseis corruptos de uma única vez, e depois, no atentado seguinte, outros trinta e dois. Matemática pura.

A matéria da revista repercutiu na mídia e nas redes sociais. Milhares de pessoas comentavam e arriscavam seus palpites sobre quais seriam os prováveis próximos dezesseis e trinta e dois corruptos a serem terminados.

Perfis oficiais de políticos, pastores, empresários, empreiteiros, latifundiários, banqueiros, ministros e juízes desapareceram rapidamente das redes sociais, deletados pelos próprios titulares tão logo uma enxurrada de indicações ao colar com T citava o corrupto nas apostas.

63.

O canal de notícias que nunca desliga continuava com a cobertura ao vivo, sem ao menos intervalo para os comerciais. Um dos nomes mais lembrados para ser o próximo a pendurar o colar com o T no pescoço, o pastor Vali Weis, que possuía uma fortuna imensurável acumulada em poucos anos com dízimos e doações dos devotos, várias vezes indiciado em processos de lavagem de dinheiro e formação de quadrilha, desaparecera. Não era encontrado em nenhuma de suas igrejas e tampouco em sua mansão num bairro nobre da cidade.

Mas o canal de notícias foi procurado pelo pastor para dar uma entrevista exclusiva, em lugar desconhecido, que parecia ser uma caverna escura e úmida no alto de uma montanha, onde o vento soprava forte e barulhento.

Sentado numa pedra, bastante abatido, barba crescida, acompanhado de quatro pessoas em pé, duas de cada lado. A câmera então focou o pastor e ele mostrou os papéis que tinha nas mãos enquanto falava:

— Estou aqui, de livre e espontânea vontade, sob o amparo e a misericórdia de Deus, com o meu advogado e três auditores da RRA-Inc., empresa estrangeira de ilibada e impoluta reputação internacional... — O pastor sempre usava esses adjetivos ao longo de sua vida para ilustrar a sua reputação,"ilibada" e "impoluta", enquanto dava tapas fortes e barulhentos num exemplar surrado da Bíblia,, mas ali, demonstrando que estava acuado e assustado, quem sabe, pela primeira vez, expressou-se com alguma verdade. Continuou, as mãos trêmulas e suadas: — Neste papel... — A câmera se aproximou para deixar o texto legível. — Neste papel está o saldo consolidado e auditado de todas as minhas contas escondidas ou não, no Brasil e no exterior, em paraísos fiscais, inclusive de centenas de laranjas. Todas! — E ele enfatizou o "todas" com uma rasante da mão direita sobre o papel. E prosseguiu: — Totaliza vinte e um bilhões de dólares, dezoito bilhões de euros, três toneladas de ouro e trezentos quilos de diamantes.

Alcançou outra pilha de papéis e continuou:

— Nessas trezentas e oitenta e nove folhas tem a relação de todas as minhas propriedades, muitas doadas por devotos e fiéis à minha igreja, aos cuidados de minha divina zeladoria, com a devida procuração do Senhor...

Afastou os olhos para enxergar melhor e chegou a embargar a voz ao identificar algumas propriedades:

— Vejo aqui a quitinete do irmão Romualdo, motorista de ônibus, que foi morar na rua após doar o seu humilde lar à igreja depois de ser alcançado pela graça divina e expulsar o demônio do corpo... Está aqui também a casa da dona Leiva, com oitenta e quatro anos na época, que teve o descarrego do satanás e doou o imóvel com tudo dentro e foi morar de favor na casa de uma filha no interior... E nem me lembrava deste, do boteco de secos e molhados do irmão Santos, que doou para Jesus a pequena e humilde venda pela salvação da alma da querida irmãzinha solteira que tinha pesadelos inconfessáveis todas as noites com o tinhoso... São tantas demonstrações de fé e gratidão que, minha gente, Deus aceitava tudo, não podia fazer desfeita, ser ingrato. No total, 11.218 propriedades, entre quitinetes, apartamentos, casas, comércios, mansões, sítios, fazendas, cassinos e uma ilha.

Pegou doze folhas de papel, impressas dos dois lados, sempre com a ajuda de seu advogado:

— E aqui estão todos os meus bens móveis: trinta e oito carros importados, treze limusines, vinte e quatro lanchas, nove iates, três helicópteros e um avião, todos blindados. Todos!

Segurou outro maço de papéis e o agitou no ar:

— E tem mais: nestas vinte e duas folhas de papel estão listadas todas as joias e obras de arte, arrematadas em leilões ou compradas de ladrões e contrabandistas. Todas verdadeiras, nenhuma falsificada.

Tirou uma folha de papel do bolso de dentro do paletó, surpreendendo as pessoas que estavam ao seu lado, desdobrou e, visivelmente desgostoso, encarou a câmera:

— Aqui está listado todo o arsenal que guardo no porão de minha mansão em São Paulo. Estão aqui os três exemplares da Thompson M1921 Submachine Gun, e, vejam, tem também um valioso modelo de um DSR-Precision DSR 50 Sniper Rifle, que me custou os olhos da cara ao comprar de mercenários inescrupulosos. Não me arrependo... Enfim, estão aqui cento e quarenta e seis revólveres, sessenta e seis rifles, trinta e oito carabinas, dezessete metralhadoras das mais variadas marcas e calibres, e algo de valor inestimável, o meu primeiro estilingue, que foi do meu avô, depois do meu pai, até eu usá-lo pela primeira vez aos cinco anos, acertando de primeira um sabiá-laranjeira, arrancando aplausos do meu querido pai, que o Senhor o tenha. —Derramou algumas lágrimas, enxugando-as com as costas da mão direita. Continuou:

— Pela primeira vez, nessa minha vida de missionário, vou me separar do meu Colt Python de estimação. Eu só dormia depois de colocá-lo sobre a Bíblia no criado-mudo.

Tirou a arma que estava sob o paletó e a entregou para o homem de bigode em pé à sua direita, que lhe deu um maço de papéis que ele logo reconheceu:

— Ah, aqui está a relação de trinta e seis mil cartões de crédito e débito, com suas senhas, que milhares de fiéis depositaram nas sacolinhas de dízimos e possibilitaram centenas de viagens e hospedagem em hotéis caríssimos pelo planeta para levar a palavra do Senhor.

Layla, que na central da polícia assistia a tudo, olhou para os parceiros e suspirou indignada.

Diante das câmeras, o pastor fez um discurso inusitado, sincero e desesperado:

— Toda a riqueza que acumulei com a minha igreja, a partir de agora, vejam o documento que estou assinando, a partir de agora, enfatizo, será distribuída a todos os fiéis. Todos! E já determinei aos meus 15.897 devotos voluntários que removam sumariamente todas as placas e adesivos dos bens da igreja, quer dizer, meus, que contenham a inscrição "Propriedade de Jesus".

Ele parou de falar, fez o sinal da cruz e continuou:

— Neste documento, assinado por mim e por testemunhas, com firmas reconhecidas em cartório, isento enfaticamente o filho de Deus de qualquer interceptação e apropriação ilícita de bens dos devotos. Ele não tem nada a ver com a minha riqueza imensurável acumulada com dízimos e doações de fiéis. Estou devolvendo tudo, cada centavo. Não ficarei com nada. Absolutamente nada. Apenas com a minha fé inabalável em Deus. Imploro clemência e uma cela, mesmo que apertada, com banho frio, colchão de cimento, para eu pagar os meus imperdoáveis pecados, mas, imploro, a vocês e ao meu Deus, em nome do Senhor, que nunca me faltou, a não morrer com o colar maldito no pescoço.

Ficou de joelhos, com as mãos juntas e começou a orar.

O advogado colocou os papéis numa pasta, e a imagem se fechou no rosto apavorado do pastor.

No estúdio, a âncora fez uma pergunta ao convidado da vez, professor de sociologia da universidade federal:

— Esse desespero do pastor Vali Weis poderá acometer outros corruptos?

Imagens na tela enorme, ao lado dos dois sentados no estúdio, mostravam igrejas do pastor tomadas por fiéis, se aglomerando e fazendo muito barulho para pegar a sua parte na riqueza que acabara de ser dividida e anunciada.

O convidado começou a falar, ainda que gaguejando no começo, demonstrando indisfarçável perplexidade com o que estava presenciando:

— Tudo indica que um tsunami com altíssimas ondas de terror e pânico alcançará todos os corruptos. Será devastador. A organização terrorista dos Terminais surgiu de repente e, em poucos dias, está causando profundas correções na sociedade. Doentes terminais que resolveram terminar com situações que pareciam intermináveis ao longo de toda a história.

— O que mais se sabe sobre os Terminais?

— Muito pouco, mas já podemos tirar algumas conclusões. A organização surgiu reunindo pessoas que têm pouco tempo de vida. O que quer dizer que, nessa organização, poder nenhum se estabelece *ad eternum*. Ele é breve, passageiro e se restringe a uma missão.

— Como assim? — quis saber a âncora.

— Vou dar um exemplo emblemático: veja o caso do Partido Comunista, que foi fundado há mais de noventa anos. Desde então teve apenas três presidentes. Três! Poder vitalício ao dono do partido. E fazem o mesmo quando chegam ao poder, como ocorreu em Cuba, Albânia e Coreia do Norte. Perpetuam-se no poder até morrer. Na Ordem dos Terminais, isso nunca ocorrerá. A liderança de hoje não viverá mais que alguns meses e entregará a vida executando uma missão, terminando com algum corrupto.

— É muito assustador, professor. O Brasil, um país pacífico, de repente se vê envolvido numa trama terrorista...

A âncora recebeu uma informação no ponto, interrompeu a entrevista, ficou de pé ao lado da tela com a imagem de uma repórter:

— Lianna, olá. Estamos com a agente da polícia especial Layla Zuit, que coordena a força-tarefa que investiga os Terminais. — Ela se vira para Layla e pergunta: — A polícia e o governo irão fornecer segurança para os prováveis corruptos alvos dos atentados terroristas?

— Estamos trabalhando para prender a organização. O que podemos oferecer aos corruptos que se sentirem alvos das ações dos Terminais é um presídio com segurança máxima até que a situação seja normalizada.

Layla já tinha discutido essa ideia com os seus superiores e com autoridades governamentais. Era a solução mais viável para o momento, mas só protegeriam os corruptos que assinassem uma confissão dos crimes com provas contundentes, inquestionáveis e irrefutáveis. Nenhum discordou, e filas de corruptos com seus advogados se formaram em frente ao presídio.

64.

(Sexta, fim de tarde)

A janela da sala estava aberta. Uma brisa brincava com a cortina transparente e passava agitando algumas violetas em cinco pequenos vasos no parapeito. O barulho da cidade estava ao longe e só chamava a atenção quando uma sirene de ambulância berrava por passagem no trânsito.

Lá, além da cidade a perder de vista, o sol se despedia, apagando-se no horizonte sem nuvens. Tudo isso dava para ver pelos vidros transparentes do box que cercava o banheiro. O olhar esverdeado de Emily se enchia com o pouco de sol que parecia não querer ir embora e não parar de espiá-los no ofurô.

— Como o Leonardo morreu? — perguntou Rubem, enquanto ensaboava o corpo de Emily.

Os olhos dela deixaram o sol e se umedeceram.

— Ele se entregou à Ordem. Não via a hora de dedicar o que restava de sua vida à causa. Tinha pressa, pois tinha pouco tempo.

65.

O velho colocou o livro de Stephen Hawking na mesinha do abajur à sua direita, encarou Leonardo com profundo respeito no olhar e disse:

— Não temos causa, nem líder máximo, nem história. A Ordem se desfaz a cada missão e se refaz em seguida para se desfazer novamente. Não dá tempo para ninguém se agarrar a qualquer poder que julgue existir na Ordem, uma vez que não existe poder algum, pois todos nós temos pouco tempo.

Emily sorriu. Leonardo sentiu o coração vibrar e a alma se expandir.

66.

Emily, já seca, deitou-se na cama. Uma brisa invadia o quarto pelas frestas da persiana.

Ela alcançou um livro. Dentro dele tirou uma foto. Uma foto com Leonardo, no viaduto do Chá. Fazia calor, pois estavam com roupas leves: ela, de vestido curto, rosa, sandália nos pés, o cabelo preto e curto; ele, de bermuda preta, camiseta branca lisa, tênis. Ele sorria.

Rubem pegou a foto para olhar de perto o rosto de Leonardo, querendo não acreditar que ele era capaz de fazer o que estava imaginando, mas a sua imaginação não ia tão longe.

— Nos despedimos na estação República. Ele seguiu para o Butantã. Esperou por uma van que o recolheu para a missão. Certamente, dentro dela, vestiu o uniforme de motorista.

A informação explodiu dentro de Rubem, que recordou as fotos das explosões que Layla lhe mostrou quando ficou detido.

Emily guardou a foto no livro. Virou-se para Rubem com lágrimas nos olhos.

— E eu nem pude ir ao enterro, me despedir.

Ela ergueu-se como que querendo buscar forças para continuar viva e feliz. Saltou do colchão e levantou toda a persiana. Deixou os últimos raios de sol invadirem o quarto, abraçá-la, esquentá-la e jogá-la sobre a cama para puxar Rubem, abrir as pernas e deixá-lo entrar nela. Ele entrou e repetiu várias vezes no ouvido dela que a amava muito.

67.

Rubem acordou por volta das oito da noite. Despertou com o barulho da TV na sala. Emily tinha saído e o deixou dormindo. Ele se acostumara com as saídas dela e, no fundo, sentia que quanto menos soubesse o que ela ia fazer, melhor seria para ele.

A janela ainda estava aberta, e além dela uma paisagem urbana, repleta de prédios, se estendia até o horizonte com um céu escuro sem estrelas.

"O que mais poderia acontecer?", pensou, com algum desespero. Olhou ao redor e se viu num loft em algum lugar da cidade, escondido e protegido por uma organização terrorista, que até outro dia não passava de fantasia nas séries que ele gostava de assistir, ou nas notícias sobre a dura rotina de guerra em países no Oriente Médio.

Teria a sua vida de volta? Tudo ficara fora de controle de uma hora para outra.

Foi para a sala. Parou diante da TV. A âncora do jornal no canal que nunca desliga, com dois convidados, um homem e uma mulher, comentavam um organograma com os possíveis novos atentados dos Terminais.

Então viu que Leonardo fora identificado como um dos terminais nas explosões dos corruptos. E assustou-se ao ver a sua foto com a legenda "escritor terrorista" posicionada com destaque no organograma. Quando a âncora bateu o dedo em sua foto, abriu outra tela com informações sobre ele. Eram dezenas de fotos e vídeos flagrando-o ao furtar carrinhos com compras em vários supermercados. A âncora chegou a rir levemente, perplexa, ao explicar as imagens:

— Câmeras de supermercados registraram o escritor terrorista furtando carrinhos cheios com produtos escolhidos por outras pessoas. Temos um vídeo que poderá ilustrar o que ele fazia.

O vídeo começou e ela foi narrando:

— Ele chegava ao supermercado, circulava pelos corredores com prateleiras, até encontrar um carrinho já pronto, quer dizer, cheio de produtos escolhidos por qualquer pessoa; esperava uma distração do dono do carrinho e o furtava, tomava a direção e seguia para o caixa. Era esse o golpe! Furtar um carrinho cheio de produtos enquanto o dono estava distraído, passar no caixa, pagar a compra, sem tirar nenhum produto, e ir embora. Pagava sempre em dinheiro. Evitava ficar no foco das câmeras. A compra era sempre despersonalizada, não dava o CPF, nenhuma informação pessoal. Nem selinho de desconto ele aceitava.

A âncora encarou a câmera, perplexa e perguntou:

— Pra que isso? Furtar um carrinho com os produtos escolhidos por outra pessoa, passar no caixa, pagar e ir embora?

A convidada não se conteve e logo a legenda explicou a sua ansiedade. Era psicóloga, *habitué* do programa, dra. Elisa Koor:

— O que se pode perceber é que o escritor simplesmente não consegue escolher produtos nas prateleiras. É incapaz de decidir por um simples mamão ou mesmo um pacote de feijão ou de macarrão; um sabonete, então, nem pensar, com todas aquelas opções de fragrâncias. E assim ele precisa furtar um carrinho já pronto, cheio de escolhas feitas. Não temos elementos para saber se essa dificuldade para escolher se estende a outras atividades e necessidades de sua vida, mas essas cenas flagradas nos super-mercados demonstram isso: ele não consegue ou não se sente seguro ou capaz para optar por uma simples lata de cerveja puro malte. Certamente, se não furtasse os carrinhos de outras pessoas com os produtos selecionados, ele não teria o que comer em casa, tampouco produtos para higiene pessoal.

O outro convidado, Ivan Marchet, sociólogo e professor de uma universidade estadual, também opinou:

— Talvez seja preguiça. Eu mesmo odeio ter que escolher um simples pacote de batata frita. São tantas as opções de sabor. Somos obrigados a ler com atenção, pois tem batata frita de todo jeito. Outro dia mesmo, distraído, levei uma com sabor barbecue. Horrível! Joguei fora.

A psicóloga concordou, mas ressalvou:

— No entanto, não justifica o furto de um carrinho de outro cliente que perdeu tempo escolhendo cada produto de acordo com a sua preferência e necessidade.

A âncora, apontando o escritor se apossando de um carrinho cheio de produtos para churrasco, observou:

— Mas furtar carrinhos cheios de produtos escolhidos por outro cliente, pagar e levar embora parece algo doentio. Descobrimos que foi por causa desse transtorno que a polícia chegou até ele, a partir de uma busca na internet sobre produtos que, vejam só, aparentemente inofensivos, encontrados em qualquer prateleira de supermercado, podem ser usados para fabricar uma bomba terrível!

— As bombas que explodiram os quatro corruptos em seus carros — lembrou o sociólogo.

— Considerando o comportamento do escritor terrorista — interrompeu a psicóloga, ansiosa para apresentar o seu raciocínio sobre o mistério — , é bem provável, quer dizer, é uma suposição a considerar que o escritor não foi quem comprou os produtos para produzir as bombas. Certamente deve ser uma prática dele ao chegar em casa com uma compra furtada, pesquisar na internet o que fazer com parte dos produtos, pois muitos são ingredientes de receitas culinárias e de escolhas pessoais.

O sociólogo lembrou:

— Por isso a polícia encontrou duas caixas de papelão cheias de produtos que o escritor descartava dos furtos, como absorventes e depiladores femininos, fraldas geriátricas, lingeries, batom, esmalte para unhas...

Rubem se afundou no sofá. Lá estava ele em vários vídeos cometendo o mesmo golpe em supermercados diferentes e por causa desse transtorno olhou ao redor e se viu enfiado numa trama da qual provavelmente não sairia vivo. E ele nem era terminal. Foi pensar nisso para escutar a âncora do canal relatar mais informações descobertas sobre o escritor terrorista, ao mudar o conteúdo da tela e aparecer os seus últimos exames de rotina.

— A produção conseguiu ter acesso a todos os últimos exames médicos realizados pelo escritor terrorista. Há pouco menos de três meses, ele realizou uma série de consultas e exames e dá para constatar aqui que a sua saúde está impecável, salvo um início de gastrite.

Rubem sentiu uma queimação no estômago só de lembrar o resultado do exame. Levantou-se e foi procurar um antiácido. No armário do banheiro, achou algumas pastilhas. Mas também encontrou um pequeno frasco, com uma drágea preta dentro.

68.

A força-tarefa coordenada por Layla recebeu mais reforços, e agora eram cerca de trinta e seis policiais sob o seu comando, mas o trabalho havia aumentado mais de cem vezes.

Ela agora dormia na Central, no sofá de sua sala.

Bateram na porta três vezes até ela acordar e autorizar a entrada.

Era o homem do bloco de anotações e uma mulher com o cabelo negro preso com um rabo de cavalo. Junto com eles, um notório político corrupto, que Layla já prendera várias vezes e sempre tinha um juiz que revogava a prisão preventiva e o libertava.

— Deputado Miltes — ela disse, enquanto calçava as botas, sentada no sofá.

O homem do bloco de anotações fechou a porta e foi falando:

— O deputado aceitou colocar escuta, vídeo e rastreamento no corpo. Está ciente que pode morrer como os outros...

O deputado teve uma queda de pressão e a mulher com o rabo de cavalo o segurou até ele se sentar numa cadeira, abaixar a cabeça e respirar profundamente. Soltava um choro contido.

Layla, já de pé, perguntou ao deputado:

— O senhor assinou o termo de risco?

Ele assentiu com a cabeça, sem olhar para ela.

— Deputado, o senhor não está sozinho. Outros corruptos...

Ele começou a soluçar, enfiando o rosto nas duas mãos. Layla continuou:

— Pelo menos dez de vocês aceitaram se tornar isca e só assim, deputado, teremos chances de alcançar a Ordem e acabar com os atentados.

— Mas eu posso morrer... — ele gemeu soluçando, ainda com o rosto enfiado entre as mãos.

Layla pegou um lenço de papel na caixa sobre a mesa e estendeu para ele. Tentou confortá-lo:

— O senhor seguramente vai morrer mesmo, está na lista. Estava naquele restaurante caríssimo em Las Vegas, cantando, completamente embriagado, a canção "Makarena", com um guardanapo de pano na cabeça, com mais outros corruptos e suas esposas, torrando o dinheiro público numa viagem que deveria ser oficial, mas foi uma farra de envergonhar o Brasil no exterior. Milhares de dólares gastos em joalherias, hotéis de luxo, orgias...

— Chega! — ele implorou, soluçando mais forte. — Quero voltar para a cadeia. Já! O filho da puta desse juiz resolve revogar a minha prisão preventiva bem agora?! Quem ele pensa que é?

— O juiz Omar Viana! O mesmo juiz que revogou todas as outras setenta e cinco prisões preventivas que o senhor teve. Lembra-se? Enfim, deputado, o juiz também deve estar na lista — Layla disse, com algum desdém, enquanto olhava para o painel onde afixava todas as informações sobre os Terminais.

— Quero a minha prisão preventiva de volta — implorou o deputado. — Eu tenho o direito de ser preso pelos crimes que cometi. Confessei e entreguei todas as provas. Não me libertem!

Ele assoou o nariz no lenço de papel. E a encarou:

— Mas eu não quero morrer, de nenhum jeito: isca ou não. Já assinei minha confissão de crimes, e não são poucos. Estou devolvendo todo o dinheiro roubado, todo, corrigido, com juros e correção monetária. O que eles querem mais?

— Terminar com o senhor, deputado — respondeu o homem do bloco de anotações, com sinceridade e alguma piedade.

O deputado arregalou os olhos, apavorado, e teve uma leve incontinência urinária, molhando a calça. Layla o pegou pelo braço e o conduziu para a porta, abrindo-a.

— Agora, deputado, aguarde os acontecimentos. Vamos simular outra prisão do senhor, com grande repercussão midiática. O juiz Omar, que já está a par do plano, irá tirá-lo da cadeia imediatamente, como sempre fez. O mesmo acontecerá com os outros dez corruptos mais lembrados na imprensa e nas redes sociais. A polícia agradece a sua colaboração. Estamos fazendo o melhor para protegê-los.

69.

Rubem ligou o notebook e aumentou o volume da TV.

Os convidados no canal de notícias que nunca desliga já tinham sido trocados e os novos comentavam uma declaração intempestiva do juiz Omar Viana, que era exibida continuamente na tela: "Sempre pautei as minhas decisões e sentenças amparadas estritamente na lei, na Constituição e no estado de direito. Enquanto houver recursos, haverá o direito de defesa amplo, geral e irrestrito, garantindo ao cidadão a presunção da inocência. As ilações sobre a minha conduta acerca das revogações das prisões preventivas são descabidas e indecentes. Vou processar quem ousar me ofender".

A âncora virou-se para os convidados. Um senhor de casaco marrom e óculos de armação preta tomou a palavra. A legenda o apresentou como professor de direito constitucional:

— Não devemos dar atenção às *fake news* que apontam o juiz como culpado pelo surgimento da Ordem e essa escalada de atentados, mas não é mera coincidência os Terminais alcançarem quase todos os corruptos que sempre contaram com a indulgência desse juiz, pois...

A âncora foi obrigada a interromper o professor ao ser avisada, pelo ponto, de novas notícias. Na tela enorme apareceram imagens feitas por um helicóptero. Um repórter, com a porta do helicóptero aberta, o corpo inclinado para fora, o vento na cara agitando seu cabelo, começou a relatar o que estava acontecendo:

— Lianna, estamos sobrevoando o presídio de segurança máxima de Aimberê, destinado exclusivamente aos corruptos, que ficou superlotado em meia hora. Fecharam os portões, e uma multidão de corruptos se aglomera do lado de fora, tentando forçar a entrada. A polícia precisou lançar bombas de efeito moral e gás lacrimogêneo para dispersar a multidão ruidosa. Daqui do alto, o aplicativo instalado no nosso computador consegue identificar vários rostos de corruptos na multidão.

— Aldo... Aldo — interrompeu a âncora — , você está me escutando?

Depois de alguns segundos, ele respondeu:

— Sim, Lianna.

— Você pode dizer alguns nomes que o software de reconhecimento facial identificou?

Segundos depois, ele apontou para a tela do computador e disse:

— O software reconhece rostos de pessoas que estejam nas redes sociais, mas todos os políticos, juízes, empresários, enfim, os corruptos em evidência, removeram seus perfis. Por conta disso, o software teve ajustes nos últimos dias e agora é capaz de identificar a partir das notícias na mídia sobre corrupção nos últimos cem anos. Foram identificados o ex-prefeito Lindomar; os ex-senadores Anibale, Rogeberto e Elvirão; as ex-senadoras Tilma, Olida e Mara. Todos apareceram muitas vezes no noticiário por causa de desvios de centenas de milhões de reais nas licitações de cinco hospitais novos no Nordeste que não saíram do papel. Estão nas listas que circulam pelas redes sociais como os próximos prováveis terminados. Todos são ex-ministros dos cinco últimos governos, Lianna.

A âncora interrompeu o repórter e chamou outro que estava na porta do presídio, no meio da multidão:

— Está muito difícil se mexer aqui, Lianna. Mal consigo falar. Não param de chegar corruptos. Há pouco, um deles especulou que tantos corruptos juntos e desprotegidos poderiam atrair a atenção dos Terminais e explodir todos de uma vez. O pânico aumentou e a polícia precisou jogar jatos de água. O diretor do presídio, com um megafone, pediu para que os corruptos voltem para suas casas, que a cadeia já está superlotada.

A âncora avistou um político na multidão:

— Lúcio, estou vendo o senador Amado Fortes. Dá até pena ver um idoso de noventa e sete anos enfiado nessa multidão para conseguir uma cela segura. Idosos corruptos não têm preferência, prioridade?

O repórter na multidão demorou alguns segundos para responder:

— Lianna, o que não falta aqui é corrupto idoso. Andei pela multidão e nunca vi tantos por metro quadrado. O problema é que esses anciões, ao longo da vida, arrastaram toda a família na corrupção. O caso do senador Amado é grave. Ele está acompanhado de quatro irmãos — ele é o mais velho—, além de oito filhos, doze netos, cinco bisnetos, quatro cunhados e três noras. Todos estão com ele e imploram por uma cela conjunta, pois o senador precisa tomar vários remédios ao longo do dia e cuidados com a bolsa de colostomia.

70.

Rubem desligou o som da TV e deixou apenas a imagem, sintonizada no canal de notícias. Andou pelo loft, deu algumas voltas na sala, entrou e saiu do quarto. Precisava andar. Fazia isso quando a imaginação travava ou precisava criar cenas e personagens. Caminhar era o seu esporte favorito. Lembrou-se de Laura. Pensou em ligar para ela, mas desistiu. O país estava enlouquecido. Teria que ficar escondido, protegido por Emily. De repente, quase despencou no chão ao imaginar que Emily não tinha voltado ainda porque talvez tivesse ido executar uma missão. Que chegara a vez dela. Apoiou-se na parede, fechou os olhos e respirou fundo.

Seguiu para o quarto e se atirou na cama, angustiado, só de pensar em perdê-la. Ou teria sido capturada, também imaginou. Não conseguia lembrar se ela também aparecia no vídeo na TV quando ele furtou o seu carrinho no supermercado. Mas lembraria disso se ela tivesse aparecido, pois como não notar uma jovem com cabelos ruivos compridos, vestido curto, linda, segurando um cacho de bananas. E como saberiam que era no carrinho dela que estavam os produtos para preparar as bombas, misturados com os ingredientes de uma receita vegana de moqueca de banana-da-terra.

Levantou-se da cama, foi para a sala. Entrou na internet e acessou a rede social de modo anônimo, como sempre. Foi visitando perfis de amigos e logo encontrou o de Olion, que raramente se conectava na rede, pois adorava a sua vida off-line. O seu perfil era público e ele tinha postado uma foto, um dia atrás: Lívia e ele, tomando cerveja, na mesma tarde em que Rubem os visitou. O escritor reconheceu as roupas penduradas no varal. A postagem não tinha nenhuma curtida. Olion quase não tinha amigos na internet ou não sabia adicionar as solicitações de amizades, mas Rubem ficou feliz de vê-los. A postagem foi uma forma silenciosa e carinhosa de Olion expressar a sua solidariedade ao amigo.

Já que estava na rede, Rubem aproveitou para dar uma espiada no seu perfil. E assustou-se com o aumento de seguidores de um dia para outro, ultrapassando a marca de sessenta e oito milhões. Entre eles, muitas celebridades, inclusive internacionais. Uma delas inventou um tema para sua foto de perfil e foi imitada por milhões de pessoas: "Somos todos Terminais!!!", mas um comediante também fez sucesso com outro tema: "Corrupto livre!!".

Rubem recuou na cadeira e ficou vendo a foto de uma atriz de séries de TV, que sempre adorou, com o tema que incluía o colar com o T. Chegou a sorrir ao pensar que as pessoas nas redes sociais podiam defender uma causa sem correr qualquer risco ou mesmo precisar se levantar de sua confortável e quentinha poltrona para ir à rua para lutar de verdade, algo infinitamente mais corajoso do que uma simples curtida ou compartilhamento de um tema. Fechou os olhos e sentiu o seu corpo se aquecer com a coragem de Emily.

No entanto, Rubem, por alguns instantes, depois de ver os milhões de seguidores que tinha, e só cresciam a cada segundo, se entregou ao devaneio de se imaginar saindo do loft, procurar a estação de metrô mais próxima, pegar o trem para a praça da Sé, e lá, na escadaria da catedral, anunciar a sua chegada e então esperar o abraço e a proteção de seus milhões de seguidores.

A porta da sala se abriu. Era Emily. Ela correu para os braços dele e começou a chorar.

71.

O prefeito ligou diretamente para o celular de Layla:

— Quando vai prender esses bostas?

— Estamos tentando, prefeito.

— Caralho! Não passa de um grupelho de doentes terminais, boa parte em cadeira de rodas ou se equilibrando em andador, respirando com auxílio de cilindro de oxigênio, mijando e cagando em fraldas geriátricas, enfrentando a dor com morfina, com o pé na cova, e a porra da nossa polícia, altamente preparada, com jovens atléticos e treinados, não consegue acabar com eles? Você tem vinte e quatro horas.

E desligou o telefone.

Layla pegou uma folha na mesa que trazia dezesseis nomes de corruptos que poderiam ser alcançados pela Ordem no próximo atentado; entre eles estava o do prefeito. Ela então pensou, enquanto deu um leve suspiro: "Talvez você não tenha nem vinte e quatro horas, seu cuzão!".

72.

Emily dormia profundamente. Talvez passeasse em algum sonho. Talvez estivesse visitando o céu, entre nuvens e estrelas. Rubem a olhava deitada, nua no colchão, sobre o lençol branco, sem a peruca ruiva. Era um anjo, e ele a amava cada vez mais.

Sacudiu a cabeça só de pensar que talvez em algumas semanas ela não estaria mais por perto. Virou-se no colchão e avistou a pilha de livros. Puxou um deles: *O Estado e a revolução*, de Lênin.

Sentou-se e começou a folhear o livro, a percorrer o sumário. Recordou da sua leitura na adolescência, entusiasmado com o idealismo, a luta da esquerda pelo poder, o sonho por uma sociedade justa e perfeita.

Encontrou o capítulo sobre a transição do capitalismo para o comunismo, mas parou de ler quando se sentiu diante de um texto maniqueísta sobre a ideia de passagem para um futuro melhor. "A ditadura do proletariado" era a única e soberana guardiã dessa passagem. E essa "ditadura do proletariado" teria os seus guardiões, claro, como ocorreu em alguns países. Guardiões que se tornariam vitalícios, com herdeiros na família. O texto, de 1917, já naquela época, Rubem percebeu, destilava indisfarçável ódio de classe a cada parágrafo. Talvez naqueles tempos o ódio jogasse mais lenha na fogueira do idealismo e era impossível evitar, ele pensou, recordando passagens do filme Outubro. Sim, só de pensar na palavra "czar", sentia azia. Rubem pulou para o capítulo da fase superior da sociedade comunista: "A cada um conforme a sua capacidade, a cada um segundo as suas necessidades". E o fim do Estado, pois enquanto ele existir, não haverá liberdade e justiça. Ele fechou o livro e lembrou-se de alguns países que tentaram essas ideias. Sentiu náuseas e devolveu o livro à pilha.

Ele olhou para Emily adormecida, hóspede de um sonho, e não conseguia imaginá-la acreditando numa sociedade idealizada por alguém em 1917.

Ela despertou. Olhou para ele, sorriu e voltou a dormir.

73.

Todos os prováveis corruptos que não estavam nas listas, fosse dos dezesseis ou dos trinta e dois, que circulavam pelas redes sociais, bancas de apostas, rodas nas esquinas, ponto de ônibus, nas matérias na imprensa e TV, trataram de se afastar de qualquer doente terminal, mesmo que fosse parente ou amigo.

Velhinhos e velhinhas, de muletas ou em cadeiras de rodas, mal se equilibrando em andadores, arrastando cilindros de oxigênio, usando fraldas geriátricas, foram colocados para fora de suas casas e abandonados nos hospitais e asilos. O mesmo ocorria com as pessoas mais jovens, que eram acometidos com qualquer doença terminal, fosse qual fosse a idade ou a relação com os corruptos. Bebês eram abandonados em porta de igrejas. A histeria alcançou os animais de estimação, pois achavam que cachorros e gatos doentes, em situação também terminal, poderiam avançar sobre os seus donos. *Fake news* exploravam essas atrocidades, espalhando terror entre os corruptos.

O canal de notícias que nunca desliga fez uma matéria especial e chamou um filósofo para comentar. Ele estava desolado com o que estava acontecendo:

— É desumano. Acreditar em *fake news* que inventa maldosamente que a ação dos terminais pode ser algo contagioso ou mesmo insinuar que seja uma peste entre pessoas com doenças terminais é condenável. Nenhum estudo ou pesquisa fez tal afirmação e, como já sabemos, todos os Terminais que terminaram juntamente com os corruptos terminados eram pessoas com ideias próprias que se encaixavam nas regras da Ordem.

— Pessoas suscetíveis aos ideais da Ordem? — perguntou a âncora, enquanto na tela enorme se via imagens de velhinhos e animais doentes abandonados à própria sorte, embaixo de viadutos e em praças públicas.

O filósofo acariciou a barba curta e grisalha e tentou responder:

— Idealismo?! Talvez não seja a palavra correta para as missões dos Terminais. O idealismo se perdeu com as experiências da esquerda no poder em todo o mundo. Ela se corrompeu e se deslumbrou com o poder. O idealismo, outrora, era a "rede" que se usava para "pescar" o jovem ingênuo tão logo começava a frequentar os corredores universitários. Se ele estivesse predisposto, suscetível, era aliciado e recrutado por essa ou aquela organização política. A partir daí, capturado e alienado, ele teria muita dificuldade para pensar de outra maneira que não fosse de acordo com o pensamento único e dominante do chefe da organização.

— Mas os Terminais não têm tempo algum para estabelecer uma ideologia dominante... Falei certo, professor?

— Sim! A Ordem continua e continuará existindo com a sua missão, mas sem tempo para controlar seus membros e devotos, como ocorre num partido ou numa seita. Estamos diante de um predador que morre rapidamente.

— Como o mosquito da gripe? — arriscou a âncora.

— Sim. No caso dos Terminais, pior ainda, pois eles já estão perto da morte, e assim, nenhum veneno ou vacina poderá impedi-los ou destruí-los.

74.

Rubem, de onde estava, no quarto, sentado no colchão, conseguia ver a TV ligada, mas sem som. A sua foto sempre aparecia no canto da tela, ilustrando alguma matéria ou entrevista.

Resolveu fazer um chá para Emily.

Quando voltou trazendo a xícara com o chá de anis-estrelado, encontrou Emily acordada, na cama, o corpo nu, mas o seu livro aberto e deitado sobre os seios.

— Já disse que queria morar no prédio da sua história? — ela sorriu, abraçando o livro.

— Eu já morei. E volto para lá a cada nova história.

— Têm muitas?

— A escrever?

— Sim. A imaginar, essa é a melhor parte.

— Sim — ele disse, sentando-se ao lado dela depois de lhe dar o chá.

— E como é imaginar um lugar assim?

— Eu morei nele, de verdade. No prédio.

— Sério?! — Ela se sentou no colchão.

— Um prédio no centro da cidade. Sem nenhuma área de lazer. Apenas elevadores, corredores e portas de apartamentos. Um dia vi um comunicado do síndico: "As crianças estão proibidas de chutar bola nos corredores".

Ela sorriu atrás do vapor que subia da xícara. Ele continuou:

— Foi quando tive a ideia de criar essas histórias e inventar um prédio que não tivesse um andar e que apenas uma turma de pré-adolescentes, um cachorro e um velho cego conseguiriam, às vezes, parar o elevador nesse andar e conhecer seus estranhos inquilinos.

— Eu adoraria entrar nesse andar. Nunca mais sairia de lá — ela disse, sorvendo um gole de chá.

— Muitos leitores me escrevem que gostariam de morar lá e ser amigos da turma do prédio.

Ele alcançou o livro de Lênin. E o folheou:

— Tem muita coisa anotada...

— São anotações de Leonardo — ela observou, tristemente.

— Você acredita que algum dia esse mundo será possível?

— Deve ser o mundo ideal que o povo merece — ela respondeu, não disfarçando algum ceticismo.

— Uma sociedade comunista?

— Nunca chegarei lá — ela confessou, colocando a xícara no chão ao lado do colchão e, mais triste ainda, completou: —, mas eu... eu poderei contribuir com...

— Um verso — emendou Rubem.

Ela gostou do corte, porém não entendeu. Ele procurou explicar:

— É de um poema de Walt Whitman: "Você está aqui, a vida existe, e existe a identidade; o poderoso espetáculo vai continuar, e você pode contribuir com um verso".

Ela sorriu, mas o olhar se entristeceu.

— Mundos, imaginar ou idealizar? — Ela alcançou o livro dele e o colocou ao lado do livro de Lênin.

— Talvez não seja mais possível idealizar como se fazia antigamente — ele ponderou, sem ter muita certeza.

— Mas sempre será possível imaginar — ela o encarou, com um sorriso e olhar sinceros. E abraçou Rubem. — Quero imaginar um lugar só nosso!

75.

Jonas Moreira, megaempresário da construção, chegou quieto em casa. Cruzou com a esposa na sala de estar conversando animada com algumas amigas. Educadamente, cumprimentou todas elas e pediu licença para subir ao quarto. Caminhou por um corredor espaçoso, que atravessava oito suítes. Parou diante de uma porta aberta. Entrou.

Encontrou o pai, deitado numa cama hospitalar, monitorado por vários aparelhos, cuidado por três enfermeiros. Respirava o suficiente para ver o jornal na TV. O coração estava fraco, debilitado. Ele mal conseguia assinar os papéis diários de seu império. Até quatro meses atrás dividia a direção e o controle com o filho na presidência, mas sofreu um ataque cardíaco ao ver na TV as primeiras notícias sobre uma delação premiada que o denunciava, bem como à sua família, de corrupção ativa e elevadas propinas para conseguir contratos vultosos com o governo. Quase morreu ao descobrir que confiara demais no filho e que a empresa crescera espantosamente sob sua gestão temerária nos últimos dez anos.

O Grupo Moreira S.A. surgira havia trinta anos no fundo de um terreno baldio, com apenas dez pás, oito carrinhos de mão, sete enxadas e mãos calejadas que construíam qualquer imóvel. História que ele sempre contava e agora não valia mais nada. O filho quis trilhar outro caminho, mais fácil, porém perigoso e humilhante.

Jonas entrou no quarto e o viu assistindo ao canal de notícias que nunca desliga. O volume estava alto, mas o pai não tinha nenhuma deficiência auditiva. Mal olhou para o filho. Levantou a mão trêmula em decorrência do mal de Parkinson e apontou o jornal na TV que repetia, à exaustão, matérias sobre os atentados e os Terminais. Abriu um leve sorriso triunfal.

O filho pegou o controle remoto e mudou para um canal que exibia um episódio do Chaves. Acenou para que os enfermeiros saíssem. Fechou a porta.

— Você está na lista dos dezesseis ou dos trinta e dois? — perguntou o velho, irônico, não disfarçando alguma felicidade com a improvável resposta.

O filho aproximou-se dos aparelhos e começou a desligar cada um deles, sem olhar para o pai.

Um tiro ecoou na mansão e arrancou gritos da mulher e de suas amigas na sala de estar. Os enfermeiros subiram correndo as escadas. No caminho escutaram outro tiro.

Arrombaram a porta para entrar no quarto e encontraram o corpo do pai e o do filho no chão. O velho, pendurado nos tubos, como uma marionete derrubada. O filho, com o colar do T no pescoço.

76.

A editora já tinha vendido milhões de exemplares dos livros de Rubem. O valor dos direitos autorais era milionário, mas Virgínia temia depositar na conta do escritor e ele perder todo o dinheiro para algum juiz que resolvesse interditá-la, alegando alguma ilicitude. De uma hora para outra, ele tinha incitado muitos inimigos no poder.

Tentava ligar para ele, mas Rubem não atendia. Ela sabia que ele nunca atenderia enquanto estivesse sendo procurado e suspeito de participar de uma organização terrorista.

O dono da editora chegou a procurá-la para confessar pequenos delitos. Contou que nos editais de compras governamentais de livros, e eram tiragens gigantescas, ele fazia agrados aos pareceristas. Estava com medo e abatido com as noites em claro remoendo essas culpas.

Ela o escutava com indignação indisfarçável, mas também com certo alívio, pois alguns livros adotados eram muito ruins, tanto em matéria de texto quanto de ilustração. Lembrou que logo que saía o tema adotado em algum edital, era chamada por ele para fuçar nas obras de autores falecidos e juntar conteúdo de acordo com o assunto: "Este ano o tema do edital é poluição; vá lá e pegue os livros do autor tal e selecione todos os poemas que têm a ver com poluição e escolhe um verso de um deles para título do livro. Faça o mesmo com outros autores. Podemos inscrever até quinze obras!". Essa prática a indignava, pois surgiam livros "frankenstein", nada autorais, e oportunistas. Ainda era obrigada a produzir livros de proveta, que eram selecionados em editais sem nunca terem conhecido uma livraria ou um leitor.

A TV estava ligada no canal de notícias que nunca desliga, e quando exibiram mais uma vez a matéria sobre os vídeos que flagravam o escritor furtando carrinhos, ela chegou a sorrir ao lembrar que ele sempre aparecia em sua sala com um perfume diferente, certamente o desodorante, que agora descobrira que ele nunca conseguiria escolher um para comprar e usava o que vinha no carrinho furtado. Em alguns encontros, ela foi obrigada a abrir a janela para arejar a sala, pois era alérgica a perfumes fortes e muito adocicados. Certa vez, tiveram uma longa reunião na editora que avançou noite adentro. Quando terminou, ele a convidou para comer em sua casa.

No caminho, Rubem entrou num supermercado para comprar algumas coisas e voltou logo, em poucos minutos, com duas sacolas de compras. Em casa, ao ajudá-lo a tirar os produtos das sacolas, viu que a massa de macarrão era de sêmola com ovos, e não *grano duro*, sua preferida, o molho de tomate era industrializado e ácido, e o queijo ralado era malcheiroso. O vinho, além de uma marca desconhecida, não tinha nem rolha. Ela sorriu ao se lembrar de que ele ficou vermelho e sem jeito quando ela encontrou na sacola um absorvente feminino. Estavam com tanta fome que comeram a massa com os ingredientes que havia e tomaram todo o vinho. E se divertiram bastante.

77.

— Você tem namorada? — perguntou Emily, dentro do ofurô, enquanto ele, do lado de fora, passava o sabonete no corpo dela.

— Você.

Ela sorriu.

— Lá fora, na sua outra vida.

— Não tenho mais vida lá fora.

— Mas você vai voltar pra ela.

— Sem você, não.

— Não fale assim. É algo que não posso evitar ou mudar.

— Nem eu.

— Quando eu não estiver mais aqui, você me leva para o prédio que você imaginou? Me leva? Quero morar lá e sempre entrar no andar que não existe. E passar horas na biblioteca infinita e labiríntica do velho cego.

Ela ficou de pé, e a espuma escorreu pelo seu corpo liso, sem pelo algum:

— Quando eu morrer, me transforme numa personagem e me leve para o prédio...

Ele soltou duas lágrimas e ao tentar enxugá-las encheu a cara de espuma. Emily riu e o puxou para dentro do ofurô, abraçando-o.

Depois do sexo no banho, Emily recebeu uma ligação, vestiu-se rapidamente e saiu. Rubem não perguntou nada e se atirou no colchão. Cada vez que faziam sexo, ele se sentia mais leve e seguro, apesar de todo o perigo que o cercava. A sensação era de que Emily era mesmo um anjo. Fechou os olhos, adormeceu.

78.

(Sábado, madrugada)

Emily, ao voltar para o loft, encontrou Rubem lendo no colchão do quarto, a janela aberta, a chuva lá fora.

Deixou a roupa molhada escorregar do corpo. Não se enxugou e entrou sob o lençol.

Fechou os olhos.

Ele largou o livro, abraçando-a; ela se virou, dando-lhe as costas, dando o corpo, ainda molhado de chuva, encaixando-se nele. A boca dele nas costas dela, tocando-a, beijando-a. A língua dele na pele dela, o gosto de chuva em seu corpo.

79.

Emily seguia a multidão ou a multidão arrastava Emily.

Olhou para o alto, para o céu que se via no vão entre os prédios da avenida. A lua cheia flutuava numa noite sem nuvens e de poucas estrelas. A multidão estava barulhenta. Gritavam. Erguiam os braços. Tremulavam bandeiras vermelhas, verdes, amarelas, brancas, azuis, arco-íris. Ela recolheu o braço direito. Calou-se. Parou de andar, de seguir, de ser arrastada. O barulho da multidão aumentou. Um helicóptero passou despejando focos de luz e provocou mais tumulto e gritaria.

Emily virou-se, começou a andar no sentido contrário à multidão. Com seu corpo frágil, ela forçava passagem entre as pessoas.

Quando conseguiu sair, se desprender da multidão ruidosa, parou, curvou-se, apoiou as mãos nas pernas, respirou fundo.

Olhou ao redor e viu alguns mendigos e catadores de reciclagem recolhendo o lixo que a passeata deixava para trás. Emily calçava sandálias de dedo, unhas sem esmalte e estava com os pés sujos. Viu-se refletida numa poça d'água, ela e a lua. Levantou o olhar, avistou o satélite ao lado de um prédio. Um velho estava em uma das janelas, o olhar perdido na multidão ao longe, que ia ocupando uma praça.

Emily contou os andares até a janela do velho: onze. E saiu correndo. Entrou no prédio. E nem deu tempo para o porteiro percebê-la, entretido com as notícias na TV, pois ela aproveitou o elevador parado no térreo e entrou com um morador. Ele apertou o botão 13. Ela apertou o 11, três vezes, para ter certeza, pois a sua luz não se acendia. E ficou olhando pela janelinha do elevador enquanto ele subia. O morador, num canto, comentou:

— Ele não para no décimo primeiro. Esse andar não existe no prédio. Não adianta apertar o botão.

Mas parou. Emily desceu, e o morador seguiu sua viagem, boquiaberto com o que acabara de presenciar.

O corredor do décimo primeiro andar estava às escuras. De um lado, portas e janelas de apartamentos; do outro, um vão sobre o extenso parapeito deixava entrar o luar. Emily avistou uma porta entreaberta. Uma luz trêmula escapava dela. Foi até lá. Empurrou a porta. Entrou. Na sala vazia avistou a janela aberta e o velho em pé. Ele segurava uma bengala, observando a multidão na praça além da grande avenida em frente ao prédio. Emily aproximou-se dele. Ele percebeu, sorriu e perguntou:

— Sou um velho cego, mas escuto bem. No entanto, não consigo ouvir o que brada essa multidão ruidosa.

Emily sorriu e sentiu que já o conhecia. Ele percebeu e sorriu também. Ela disse, com alguma cumplicidade:

— A multidão grita por um mundo melhor!

O velho sorriu e virou-se. Quando Emily também se virou, viu a sala tomada por uma biblioteca infinita. Sorriu. Caminhou entre as estantes e podia escutar os livros sussurrarem as histórias que abrigavam.

No final de um dos corredores, deu numa sala. Encontrou o velho cego sentado numa poltrona, sob a luz de um abajur em uma mesinha ao lado. Ele tinha um livro aberto no colo, os dedos da mão direita virando as páginas, como se procurasse algo. Encontrou. Estendeu o livro para Emily:

— Posso encontrar o poema na página, mas não posso lê-lo; sim, posso tocá-lo, sinto a sua pele, a sua respiração; mas as palavras impressas, estas estão silenciosas.

Emily pegou o livro e apenas uma epígrafe estava legível: "As nações nascem nos corações dos poetas e morrem nas mãos dos políticos".[1]

O velho cego murmurou o verso. Sorriu, levantou-se e seguiu por um corredor de estantes. Desapareceu entre elas. Emily fechou o livro e o colocou na mesinha do abajur. E se perdeu entre as estantes.

80.

Rubem tirou o termômetro de debaixo do braço de Emily: quarenta graus. Ela dormia, suava, mas os lábios desenhavam um leve sorriso, como se estivesse visitando um belo sonho. Porém

[1] Verso do poeta muçulmano Iqbal

ele se desesperou. Não sabia o que fazer. Não tinha o contato de ninguém próximo dela. Todos que passaram pelo loft já estavam mortos. Pensou em ligar para os amigos Olion e Lívia, mas os colocaria em risco.

Correu para o banheiro e abriu o armário sobre a pia. Encontrou um analgésico. Leu rapidamente a bula. Quando estava voltando para o quarto, bateram na porta. Ele demorou para atender; mas quem bateu, não, estava com pressa. Tinha a chave e entrou.

Uma mulher alta e magra, com roupas sóbrias, cabelo loiro comprido preso com um coque, seguiu direto para onde estava Emily. No caminho, parou e encarou Rubem, que segurava o vidro com analgésico, e o tirou da mão dele, jogando-o no sofá.

Sentou-se ao lado de Emily, que ainda dormia e suava. Abriu a bolsa que trazia e tirou uma injeção já pronta. Aplicou em Emily, que nem sentiu a picada na nádega. Tirou uma cartela com comprimidos e uma receita da bolsa e entregou para Rubem.

E se foi, sem dizer uma palavra.

81.

Emily andava por entre as estantes. Corredores intermináveis. Sentia que não estava só, mas seguia sem medo e curiosa. Às vezes parava para puxar um livro, folhear; outros ela encontrava pelo caminho, numa pilha no chão. Passava por salas, poltronas, abajures acesos, corredores com quadros com pinturas e porta-retratos em móveis e aparadores. Livros do chão ao teto, em todos os lugares. Tudo cheirava a livros. Não! Tudo cheirava a histórias. Quanto mais se perdia, mas queria se perder naquele lugar, não voltar para a rua, e já não escutava mais a multidão e as palavras de ordem. Só escutava as palavras que os livros sussurravam ou que os seus olhos encontravam nas páginas que abria.

Podia ver seres atravessando os corredores, ora fazendo sombra, ora puxando um livro de uma estante, ora passando com pressa, mas em nenhuma vez cruzaram com ela. Ela até achou que alguns daqueles seres ela já conhecia: o estranho inseto de Kafka, a Beatriz de Dante, o alfarrabista do *Livro de areia*, o Cavaleiro da Triste Figura e sua lança, Mrs. Dalloway com a cesta de flores, o velho marujo de Hemingway com cheiro de mar, o cientista Alexander de *A máquina do tempo*, o médico monstruoso de Stevenson, o corvo de Poe voando entre as estantes, a bela Sherazade das *Mil e uma noites* deixando um rastro de perfume de jasmim...

Chegou a uma sala com uma poltrona sobre um tapete redondo azul-celeste com desenhos de elefantes indianos flutuando. Ao lado da poltrona, como em todas as outras salas, uma mesinha com um livro aberto e um abajur acesso, mas dessa vez tinha uma garrafa de vinho e uma taça. Emily sentou-se na poltrona, serviu-se do vinho e esticou o olhar para ver a página do livro. Era um idioma estranho, talvez árabe.

Sentada na poltrona, sorvendo o vinho, sentiu-se mais perdida naquele lugar que não existia. Ia se levantar quando uma brisa atravessou a sala revirando as páginas do livro na mesinha. A luz do abajur oscilou e quando voltou a ficar estável e acesa, numa estante à sua frente, ela viu um gato andando entre os livros. Quando ele encontrou um espaço vazio, ajeitou-se nele, assim como fazem todos os gatos do mundo, e então olhou e sorriu para Emily.

Ela levantou-se e caminhou até ele. Quase perto, ele perguntou, com um bafo de sardinha que a fez parar, segurar a respiração e tapar o nariz:

— Está perdida?

Ela conseguiu agitar a cabeça levemente, insinuando que não, que não estava perdida. Quer dizer, ela pensou, que sim, que estava, mas queria continuar perdida, e se por acaso tinha algum problema ficar perdida naquele lugar que não existia, mas achou melhor ficar quieta, apenas olhando o gato que sorria. Ele piscou e disparou, com algum enfado na afirmação:

— Todos se perdem aqui.

E desapareceu no ar.

Emily girou para ver se o gato tinha pulado para outra estante, mas, de repente, ele surgiu na poltrona, sorrindo, olhando para ela, abanando o rabo peludo. Com o focinho apontou o corredor esquerdo:

— Por ali se penetra nos mundos imaginários.

O gato então apontou o corredor à direita:

— Por ali se adentra nos mundos idealizados.

Emily ficou confusa. O gato percebeu e desapareceu. Ela girou novamente o corpo e o encontrou reaparecendo sobre uma estante, que dava a impressão de ser mais alta que o teto.

Emily perguntou, curiosa:

— Qual dos mundos é mais bonito?

O gato sorriu, piscou o olho, desapareceu e reapareceu aos pés dela, no tapete. E disse, enquanto se esfregava nas pernas de Emily:

— Todos que passaram por aqui, sempre perguntaram: qual mundo é "melhor"?

Ele sumiu e reapareceu na poltrona, sentado, abanando o rabo peludo, com alguma felicidade que fazia o bigode e os olhos brilharem:

— Você foi a primeira a perguntar: qual mundo é mais "bonito"?

Imediatamente começou um alvoroço na biblioteca, os livros eufóricos nas prateleiras, libertando histórias que saltavam das páginas, se atirando no vento repentino que as carregava e arrastava pelos corredores entre as estantes, indo embora com elas pelas janelas.

Emily precisou se segurar numa estante para não ser arrastada. De súbito, fez-se silêncio.

Emily soltou-se da estante e ficou em pé. A palavra "bonito" flutuava por todos os lugares, revelando-se em infinitas grafias e idiomas, como uma noite estrelada, que se estendia além da janela.

O gato surgiu flutuando e girando entre as palavras, sorrindo para Emily, e disse, com o seu hálito insuportável de sardinha que a fez tapar o nariz:

— Qual mundo é mais "bonito"? — Deu um mergulho nas palavras que flutuavam e sumiu.

Se essa cena fosse num filme, teria um barulho breve de algo se esvaziando e uma fumacinha surgindo no lugar do gato e se dissipando. Emily sorriu ao pensar isso.

82.

Rubem despertou com o corpo molhado. Molhara-se com o suor de Emily. Olhou o relógio e ainda faltavam três horas para ela tomar mais um comprimido. Colocou a mão na testa dela e sentiu que a febre diminuíra.

Voltou a deitar ao lado dela. Quase rezou, mas não sabia oração alguma. Emily se virou, ficou de costas para ele. Como estavam nus, ele sentiu o corpo dela ainda quente. Abraçou-a por trás. Sentiu-a leve, os seios maiores. Rubem continuou abraçando-a e fechou os olhos. Queria dormir, encontrá-la em seu sonho.

83.

O olhar de Emily se perdeu pelos corredores sem fim da biblioteca. Sorriu e pensou: "Quero morar aqui. Viver aqui, para sempre".

No final de um dos corredores, viu o gato, saltando entre as prateleiras.

Ela foi atrás.

O felino correu e entrou no corredor que dava para os mundos imaginados.

Emily o seguiu. Logo avistou o gato no parapeito de uma janela. Quando ela se aproximou, o gato desapareceu. Esse comportamento fugidio dele já estava irritando-a. Ela então suspirou, mas ficou surpresa com o que viu.

A cidade estava outra, em festa, com muitas cores e pessoas passeando pelas ruas, numa tarde de sol. E chegou a estranhar a visão daquela tarde, pois quando escapou da multidão e subiu ao décimo primeiro andar, era noite e já passava das oito. Mas naquela tarde exuberante que avistava daquela janela, para cada lado que olhava, parecia que via, ao vivo, pinturas e cores de Monet, Degas, Van Gogh, Dali, Rembrandt, Picasso, Frida, Klimt, integradas à natureza, à arquitetura da cidade, às roupas das pessoas, às pessoas, aos bichos, à vida, ao vento, ao ar que respiravam, aos sonhos, aos sorrisos. Teve vontade de descer correndo e se atirar naquela tarde colorida.

Ela se virou, pois sentiu que o gato a espiava. E ele a espiava mesmo, na poltrona, abanando o rabo, no colo do velho cego, que o acariciava. Sorriu para ela, saltou do colo e correu para o corredor que dava para os mundos idealizados.

Ela o seguiu, cada vez mais curiosa. Mas logo se perdeu nos corredores de estantes de livros do chão ao teto e voltou a passar por salas com poltronas, mesinhas, abajures, quadros e porta-retratos.

Quando se sentou numa poltrona, cansada, viu ao lado uma mesinha, com abajur aceso, uma garrafa de vinho, uma taça já servida e um livro aberto, que a fez pensar que talvez tivesse dado muitas voltas naquela biblioteca labiríntica para dar no mesmo lugar.

Foi pensar no gato para ele aparecer no seu colo, sorrindo para ela, com bafo de sardinha. E ele logo saltou, desapareceu no ar e ressurgiu no parapeito da janela.

Emily suspirou, tomou um gole do vinho, saboreou e teve certeza de que não era o mesmo de antes; esse era encorpado. Levantou-se e seguiu até a janela.

O gato olhava lá fora e balançou o rabo quando Emily se debruçou ao lado dele. Ela então avistou uma cidade mergulhada numa tarde cinza, sem cor alguma. Bem diferente do que avistara da outra janela. Chegou a esticar o corpo sobre o parapeito de forma a olhar para os lados, mas para onde olhasse, o mesmo cinza triste tingia aquela tarde. Havia crianças e pessoas andando pelas calçadas e carros nas ruas, mas não se via cores, como se fosse proibido por lei. E achando que o gato ainda estivesse ao seu lado no parapeito, ela apontou um carro vermelho, conversível, com quatro pessoas dentro dele, duas sentadas sobre o banco traseiro, com os corpos para fora, gesticulando os braços, como se dançassem alguma música. E essas pessoas estavam felizes e coloridas, indiferentes à realidade gris e triste que as cercava.

Quando Emily se virou, o gato não estava. Ela o encontrou na poltrona, observando-a, deitado no colo do velho, que o acariciava, a cabeça apoiada nas duas patas dianteiras, e disse, com uma paciência histórica:

— No mundo idealizado, todas as pessoas são iguais, mas algumas são mais iguais do que as outras.

O velho cego assentiu levemente com a cabeça.

— Mas na outra janela tudo era colorido... — comentou Emily, com visível perplexidade.

O gato abriu um sorriso, como se tivesse lambido um sorvete de morango e disse:

— Nos mundos imaginados, todas as pessoas são diferentes, e qualquer pessoa pode ser mais diferente do que as outras.

O velho cego sorriu.

84.

(Sábado)

Amanhecia. Rubem não pregara o olho, sempre observando Emily.

O despertador tocou. Era hora do remédio dela. Ele tirou o comprimido da cartela e alcançou a jarra com água para encher o copo.

Quando se virou, Emily acordara e olhava para o teto. E começou a falar:

— Amor...

Rubem sentiu o corpo flutuar ao ouvi-la chamá-lo de "amor".
Ela continuou:

— Eu estive lá.

Ele a encarou, sem entender, segurando o copo com água numa
mão e o comprimido na outra, ajoelhado no colchão.

— Lá, amor, no prédio, no andar que não existe, no décimo
primeiro andar, na biblioteca infinita e labiríntica do velho cego...
O gato que ria, sumia e aparecia... Eles estavam lá...

Rubem lhe entregou o copo com água e ela se sentou no colchão
para tomar o comprimido. Tomou e sorveu toda a água do copo.
Estava com muita sede.

Rubem colocou a mão na testa dela e sorriu. A febre passara.

Ela levantou-se e foi até a cozinha. Voltou com um saco de
plástico para lixo. Abriu-o e começou a jogar dentro dele todos os
livros que Leonardo deixara para ela.

Rubem estranhou e saiu em defesa dos livros:

— Emily, por que isso? São livros!

— Não são livros, amor. Parecem vários livros, mas todos são
um único livro, um único pensamento, um único sonho, um único
futuro, uma única história...

85.

Laura tirou o capuz e se viu numa estrada vazia, de terra, no
meio de uma mata. O celular no bolso tocou. Ela atendeu:

— Você pode voltar para a sua vida — disse uma voz de mulher,
e desligou.

Duas horas depois, Laura estava diante do prédio onde morava. Entrou e encontrou o porteiro sorrindo para ela, surpreso. Foi passar por ele e apertar o botão do elevador para escutá-lo ligando para alguém e informando que ela tinha voltado.

Entrou no apartamento e achou que o encontrou como tinha deixado, mas notou que a correspondência estava no aparador perto da porta de entrada. Alguém a recolheu. Viu que tinha duas cartas da tia que morava no interior. Quem estaria entrando em seu apartamento, ela se perguntou, depois de olhar todos os cômodos e achar que estava tudo certo.

Precisava de um banho e seguiu para o chuveiro, soltando pelo caminho a roupa que ia deixando cair do corpo. E ficou quase meia hora sob a água, aproveitando para chorar por se sentir viva e estar de volta à sua casa.

Enquanto se enxugava no quarto, ligou a TV e sintonizou o canal de notícias que nunca desliga. Estavam cobrindo ao vivo as mortes do pai e filho, empreiteiros bilionários. Aumentou o som. Um repórter, que estava em frente da mansão onde ocorreram os crimes, relatava o que tinha apurado ao entrevistar os empregados e os parentes das vítimas:

— Lianna, conversei com os empregados e os parentes. Todos estão chocados com os crimes. A esposa do bilionário encontrou os corpos e o colar com o T no pescoço do filho. O pai segurava a arma. A perícia irá analisar se as duas balas saíram dela. Conversei com um perito e ele revelou que o filho estava desligando os aparelhos que mantinham o pai vivo quando levou o tiro mortal e em seguida, ao que tudo indica, o pai se suicidou, depois de pendurar no pescoço do filho o colar com o T.

— O pai era um Terminal? — surpreendeu-se a âncora.

Depois de alguns segundos, o repórter respondeu, enquanto na tela se via o corpo do filho morto no chão e o colar em seu pescoço:

— Improvável, Lianna. A agente Layla não quis comentar nem fazer especulações, mas pessoas da polícia acreditam que o colar é falso, uma réplica, e o gesto do pai foi isolado e de cunho pessoal. Vale lembrar que foi a gestão do filho à frente do Grupo Moreira S.A. que envolveu o pai nas investigações e processos de corrupção e organização criminosa há quatro meses, causando-lhe um AVC, que o deixou em coma e depois vivendo com ajuda de aparelhos.

Laura recuou, assustada. Ia desligar a TV quando a âncora perguntou ao sociólogo convidado, sentado na poltrona ao lado dela, se o que ela estava vendo e escutando era real, se a Ordem alcançava terminais e corruptos de uma mesma família, neste caso, pai e filho.

O sociólogo, não disfarçando o seu espanto sobre o que via na tela, disse:

— Só posso acreditar que se trata de um ponto fora da curva. Neste caso, a corrupção iniciou na segunda geração, quando o filho assumiu a gestão da empreiteira. O pai, como sempre gostava de contar em entrevistas e na autobiografia que lançou recentemente, começou o império bilionário há cinquenta e cinco anos com poucos recursos, muito trabalho e honestidade, mas o filho era ambicioso, desonesto e enfiou o Grupo Moreira S.A. num lamaçal de corrupção. Tinha boa parte do Congresso, juízes e fiscais na folha de propinas.

— Muito diferente do que estamos cansados de ver nos noticiários, professor Ivan Marques — concordou a âncora. — O normal é o corrupto arrastar e envolver toda a família nos ilícitos: filhos, noras, genros, netos; só escapam os cachorros e gatos.

O sociólogo chegou a ser irônico:

— Suspeita-se que em algum momento do ensino médio eles inserem a disciplina "corrupção" na carga curricular da escola dos filhos, ou os mandam, depois, cursar um MAC, *Master in Administration Corruption*.

A âncora sorriu com a ironia do convidado. Ele continuou:

— Mas nem sempre a família que corrompe unida permanece unida. Com o surgimento dos Terminais, famílias inteiras estão se desintegrando, um culpando o outro, se oferecendo para delações premiadas e públicas, compartilhando vídeos, áudios, documentos e fotos nas redes sociais para entregar e denunciar pai, avô, primo, tio e por aí vai.

— Então você acha que o pai do empresário Jonas Moreira não era um Terminal?

— Não podemos afirmar, pois já temos notícias de que camelôs estão vendendo réplicas do colar com o T. No Mercado Aberto, na internet, a oferta desses colares é muito grande e só cresce. O caso do pai e filho empreiteiros, posso afirmar, foi isolado e de motivação pessoal, por conta de uma desavença familiar. Vale lembrar que a Ordem segue um padrão, e a previsão dos matemáticos é que o próximo atentado vai alcançar, de uma única vez, dezesseis corruptos, de acordo com a macabra progressão geométrica.

A âncora acenou para o sociólogo aguardar um pouco, encarou a câmera e depois apontou a tela com novas imagens:

— Nosso repórter, Aldo Antunes, está na frente do prédio onde morava, quer dizer, mora, o escritor terrorista. Uma pequena multidão de jornalistas e curiosos já se formou na calçada e parte da rua. O que está acontecendo aí, Aldo?

O repórter demorou um pouco para responder, por causa do delay:

— Pois é, Lianna. Tivemos a informação, confirmada pelo porteiro do prédio, que a vizinha do escritor terrorista voltou depois de permanecer três dias desaparecida. No entanto, o síndico nos impede de entrar e diz que tem ordens da polícia para não deixar ninguém falar com ela e aguardar a chegada dos policiais. Fontes revelaram que ela esteve com o escritor terrorista dois dias antes de ele desaparecer. Tiveram relações sexuais. Suas impressões digitais foram encontradas em panelas, talheres, pacote de parmesão ralado, porta da geladeira, registro do chuveiro, em vários lugares, inclusive numa foto do escritor quando bebê, pelado, tomando sol na soleira de uma porta. Ficaremos de plantão e a qualquer momento voltaremos com mais informações.

Laura se desesperou. Nem se aproximou da janela. Vestiu-se rapidamente. Precisava sumir dali. Na área de serviço, encontrou o uniforme da empregada que cuidava da faxina do apartamento duas vezes por semana. Vestiu-o por cima da roupa, prendeu o cabelo com um lenço que cobriu as laterais da cabeça. Pegou uma bacia com roupas. Desceu pelo elevador de serviço até a garagem. Ao sair, escutou passos. Escondeu-se na sala das bicicletas.

Alguém se aproximou, bateu na porta, suavemente, para evitar alarde:

— Laura, oi. Não se assuste. Sou amigo do Rubem, vim ajudá-la.

86.

Rubem despertou com o barulho da TV ligada, o som alto, milhares de pessoas gritando "Terminais, Terminais".

Levantou-se e seguiu para a sala. Diante da TV, sentado no sofá, um senhor acompanhava a matéria, em silêncio, as duas mãos apoiadas numa bengala aprumada entre as pernas.

Rubem se aproximou do sofá e parou estarrecido diante do que via na TV. A avenida Paulista estava tomada por uma multidão imensurável, ruidosa e animada, tremulando bandeiras e faixas saudando os Terminais e o escritor. Uma grande festa que parecia uma noite de Carnaval. Em carros de som, pessoas comuns se alternavam com celebridades para discursar em apoio aos Terminais. O símbolo da Ordem reproduzido em camisetas, bonés, banners, faixas, broches e adesivos. O canal de notícias que nunca desliga fazia a cobertura ao vivo e simultânea, sobrevoando vários presídios pelo Brasil afora e a manifestação na avenida. Multidões de corruptos disputavam vagas em presídios que já estavam superlotados.

Quando percebeu a presença de Rubem, o homem sentado no sofá, pegou o controle remoto e tirou o som da TV. Sem se virar, disse:

— Sr. Rubem Glück... "Glück", "sorte" em hebraico.

O escritor, ainda petrificado com o que via na TV, apenas balbuciou com toda a sinceridade de sua alma:

— Queria a minha vida de volta...

O homem virou-se e revelou o rosto magro, bigode fino, óculos de aros grossos, expressão pacífica e simpática.

— O senhor a terá de volta, escritor. É um homem de sorte.

— O que querem de mim?

— A imortalidade, sr. Rubem Glück. A imortalidade. — E ofereceu uma taça de vinho.

87.

Laura ficou feliz quando desceu do carro no quintal da casa.

Olhou para Olion e ele sabia o que ela ia perguntar:

— Não. Ele não está aqui. Quando vi na TV a sua foto e o prédio cercado, fui pra lá salvá-la daquela confusão.

— Eu estava muito assustada. Se não fosse você aparecer, não sei o que teria acontecido comigo.

Lívia apareceu na porta da cozinha e foi ao encontro de Laura. Abraçou-a:

— Você ficará segura aqui. Amamos o Rubem, um amigo muito querido.

Olion pegou o celular e tirou uma foto da sombra de Laura, com a sua mão escura segurando um exemplar do livro *A vida íntima de Laura*, de Clarice Lispector, que ele colocou na grama do quintal para montar a cena.

88.

(Domingo)

Rubem acordou por volta das dez da manhã. Adormecera no sofá. Na mesinha do centro, viu a garrafa de vinho e as duas taças vazias. Lembrou-se da visita do senhor com a bengala e bigode fino. Emily ainda não voltara. Bebeu um copo de água e foi tomar banho.

No meio do banho, Emily apareceu. Entrou correndo no loft, feliz, sorrindo, agitada, carregando duas sacolas. Puxou Rubem do banho, pegou uma toalha e começou a enxugá-lo:

— Vamos dar uma volta na cidade, amor! Vamos! Tomar sol, tomar sorvete, passear, ir ao cinema, ao parque...

Abriu uma sacola e de dentro tirou um par de tênis e roupas novas para Rubem. Vestiu-o. Da outra sacola, tirou boné, óculos escuros e um bigode postiço que ela colou com precisão embaixo do nariz dele. Para ela, trouxe uma peruca com cabelo preto e curto.

Depois de levá-lo até o espelho e ele se ver irreconhecível, ela agarrou sua mão direita e o arrastou para fora do loft. Ele nem teve tempo de olhar com atenção por onde saiu daquele lugar nem em que bairro passou os últimos dias confinado. Ela o arrastava com pressa, sorria feliz. Entraram num vagão lotado do metrô.

Ela o abraçou apertado e o beijou. Enquanto a beijava, atrapalhando-se com o bigode postiço, escutava as pessoas comentando sobre os Terminais e sobre o escritor terrorista. Outras acompanhavam o noticiário nos celulares. Um vendedor ambulante entrou no vagão e tirou vários colares com o T de um saco preto. Começou a vender, com um largo sorriso no rosto: "Primeiramente, COR-RUPTOS LIVRES! Segundamente, não quero incomodar a viagem de ninguém, mas aqui no 'shopping metrô' o Colar Terminal tá pelo menor preço do mercado. Lá fora, tá vinte real. Aqui, na mão, sai por cinco, ou três por dez real... A senhora ali levantou a mão. Quantos? Seis? É pra já. O senhor, no banco preferencial, quantos? Três! Tá na mão...".

Rubem e Emily desceram na praça da Sé, percorreram as ruas do centro velho. Por onde passavam, rodas de pessoas falavam sobre os Terminais. Nos camelôs, camisetas penduradas com o T impresso. Nas bancas, capas de revistas e de jornais noticiavam os mesmos assuntos: os Terminais e o escritor terrorista.

Pararam num café perto da praça da República. Pediram dois expressos.

— Emily, tudo isso é muito assustador — Rubem observou.

— É a revolução, amor.

— Mas estou assustado com as proporções que está tomando. Há menos de uma semana eu estava...

— Furtando carrinhos com compras de outras pessoas em supermercados. — Ela se divertiu, olhando nos olhos dele. — E veja o que aconteceu em uma semana?

— Foi sem querer. Por acaso...

— Não foi, amor! Leu os *Dez dias que abalaram o mundo?* — ela gritou, feliz: — Estamos vivendo os nossos dez dias!

89.

Naquele passeio pela cidade, Rubem pensou em visitar o amigo Olion, mas desistiu da ideia.

Foram ao Cine Belas Artes e assistiram a um filme que não viram nada nem sabiam do que se tratava. Ficaram todo o tempo se beijando, apaixonados. O bigode postiço chegou a cair algumas vezes, divertindo-os. Na saída do cinema, Rubem comprou uma rosa para Emily que agradeceu com um demorado beijo na boca.

Passaram numa livraria, na galeria próxima. Rubem se espantou ao ver pilhas de seus livros à venda, saindo um atrás do outro. Emily furou a imensa e interminável fila, comprou o último lançamento que ainda não tinha lido. Divertia-se ao pensar que o escritor estava ali, tão perto de todos.

Alugaram duas bicicletas e foram até o Parque Ibirapuera; sentaram-se na grama, mas Emily levantou-se e foi comprar sorvete.

Estavam perto do portão 6, onde os cachorros podem ficar soltos e, naquele domingo de sol, a tarde parecia brincar com eles.

Rubem avistou Emily voltando com os sorvetes nas mãos, o cabelo negro e curto solto ao vento, descalça, caminhando entre as árvores. Rubem a olhava, contemplando-a no cenário que a emoldurava: as árvores altas, a tarde de céu azul, o verde da grama, os cachorros soltos e alegres. O vento soprando folhas, o cabelo dela, o vestido curto. "Como segurar alguém tão leve", ele pensou. E a viu parar e abraçar uma árvore. "Sim, era ela", pensou, teve certeza. As árvores sabiam, a tarde sabia, o vento sabia e espalhava essa verdade pelo parque.

Ela sentou-se diante dele, na grama, e lhe deu o sorvete, de morango, mesmo sabor do dela. "O que falar diante de imensa beleza", ele pensou, olhando-a nos olhos. Uma mão segurando o sorvete, a outra alcançando-a, tocando sua perna: ela existia.

— Quem te fez assim, tão linda? — ele perguntou, gelando os lábios com sorvete.

Ela sorriu.

Beijaram-se, um beijo rosa e gelado.

— Eu amo as árvores — ela suspirou.

— Eu amo você — ele disse.

Ela sorriu, os lábios rosa. Olhou ao redor, o olhar esverdeado alcançando o verde das árvores.

Voltaram para o loft. Atiraram-se na cama, tirando do corpo todos os disfarces, e logo se encaixaram.

90.

Emily adormeceu. O passeio pela cidade e o sexo deixaram-na exausta.

Quando Rubem acordou, já eram quase dez da noite. Estava com fome e foi ver o que dava para fazer na cozinha. Surpreendeu-se com um risoto de *funghi secchi* e uma garrafa de vinho sobre o fogão. Emily fizera o jantar enquanto Rubem dormia.

Ele foi arrumar a mesa na sala. Encontrou um castiçal e acendeu a vela. Quando se virou, Emily estava em pé, nua, com a peruca ruiva, sorrindo, observando-o. Ele se deteve, a luz da vela iluminando-a, e, encantado, apenas a sua alma conseguiu pronunciar algo:

— Quem te fez assim, tão linda?

— A natureza.

— Quem mais?

— Meu pai e minha mãe.

— Quem mais?

— Degas — ela respondeu, curvando o corpo, como na pintura *El barreño*.

E não ousou se mexer. Imóvel, sentiu o corpo nu diante do olhar do pintor impressionista. Podia sentir o cheiro da tinta, da terebintina, escutar as pinceladas, buscando os tons azuis daquele instante na paleta. Ele a olhava em silêncio, apaixonado, segurando o castiçal com a vela acesa. Ela se mexeu, virando-se, encarando-o com os olhos da alma:

— Meu amor, quando eu morrer, promete, enterre-me ao pé de uma árvore. Promete? E nunca, nunca se esqueça de me levar rosas vermelhas quando me visitar. Você promete? Não as deixe em vaso para murchar, desmanche-as em pétalas. E sem caixão. Quero ser enterrada nua.

Ele sentiu o chão se abrir. Ele não conseguia pensar na vida sem ela, nem mesmo num enterro poético que ela acabara de desejar, já que ela era uma Terminal. Não pensou em dizer outra coisa:

— Quer se casar comigo?

Ela se aproximou e o beijou na boca.

91.

Layla passou nas onze tocaias para acompanhar de perto as iscas preparadas para os Terminais. Chegou a pensar em cancelar a operação por causa dos corruptos. Estavam amedrontados e estressados. Desconfiavam da própria sombra. Viviam trancafiados em seus quartos, orando. Tal comportamento colocava a operação em risco.

Na última tocaia, Layla encontrou o rapaz do interrogatório e o homem do bloco de notas. Eles estavam numa quitinete no prédio em frente e podiam acompanhar, com binóculos, tudo o que acontecia no apartamento de Genivaldo Mendes, político de família tradicional, que fizera fortuna na indústria farmacêutica. Médico formado, nunca exercera a profissão. O pai, que também foi deputado, o iniciou na política com a firme determinação de que qualquer negócio só prospera com verba pública, sinônimo de dinheiro "FFF", como ele dizia e explicava: fácil, farto e sem fimmmm; e gostava de enfatizar a palavra "fim", com um sorriso de orelha a orelha. Genivaldo herdara do pai o jeito de lidar com o poder público. Era conhecido por levar grandes quantias de dólares nos bolsos e ia comprando as pessoas com dinheiro vivo, na hora. Tinha dois filhos, um menino de dez anos e uma menina de doze. Os professores deles ficavam constrangidos e ofendidos quando Genivaldo os procurava para comprar notas. Tirava maços de dólares do bolso para subornar um nove em matemática ou um dez em português. Diante da recusa dos professores, ameaçava comprar o colégio e demiti-los.

Quando entrou na provável lista dos dezesseis, nunca mais levou dinheiro nos bolsos ou mesmo bolsos nas roupas. Os policiais na tocaia podiam vê-lo ajoelhado, rezando todo o tempo, implorando piedade e perdão por todos os crimes que cometera e sempre escapara por conta de sua imunidade política e conduta corrupta. Como estava com escuta e vídeo, os policiais ouviam e viam tudo o que ele falava ou fazia. Eles chegavam a se divertir com o pânico do empresário só de o telefone tocar, e passaram trote algumas vezes.

Na manhã seguinte, quando os policiais acordaram de um sono repentino, não precisaram usar os binóculos para ver o que acontecia no prédio onde estava o político. Lá no alto, a doze andares do chão, dois corpos balançavam para fora da janela, pendurados por coleiras enforcadoras. No pescoço estrangulado do deputado, reluzia, à luz do sol que surgia, o temido colar com o T.

92.

(Segunda, manhã)

Rubem sonhou com o "sim" de Emily e acordou-a beijando todo o seu corpo nu. Ela estava exausta, por causa da doença, mas exalava felicidade, mesmo dormindo. Rubem a olhava e não parava de lembrar o "sim" dela.

Levantou-se para preparar o café. Tomou um banho rápido, escovou os dentes, e no caminho para a cozinha, ligou a TV, com o som zerado, mas a imagem o estancou imediatamente.

No canal de notícias que nunca desliga, o helicóptero do noticiário filmava o mais novo atentado dos Terminais. E lá estava o deputado morto, pendurado pelo pescoço, com a língua roxa e os olhos esbugalhados, acompanhado de um Terminal. Os retratos dos dois, lado a lado, em destaque, com seus nomes abaixo. Rubem reconheceu o Terminal: era o senhor da bengala e bigode fino com quem conversara na noite anterior e esvaziaram uma garrafa de vinho.

Rubem segurou-se no sofá para não cair. E foi até a cozinha pegar um copo com água.

Quando voltou à sala, a TV exibia sucessivas imagens de outros corruptos enforcados da mesma maneira que o deputado. Dezesseis destaques encheram a tela para ilustrar os atentados. Dezesseis corruptos tiveram o mesmo fim, todos enforcados e pendurados em suas janelas com o Terminal ao lado. Alguns balançavam ao vento.

A âncora, clicando em cada destaque, abria uma tela com as informações sobre o corrupto terminado. Dos dezesseis, ela contou cinco deputados, três ex-senadores, dois juízes, um ex-prefeito, dois pastores, dois empresários e um banqueiro. Todos, de acordo com as informações acessadas pelo jornal, envolvidos havia anos em processos por corrupção, desvio e lavagem de dinheiro, formação de quadrilha e prevaricação.

No principal bolão das redes sociais, ao menos quinze milhões de pessoas acertaram integralmente seus palpites.

A âncora estava com uma convidada, professora de sociologia de uma faculdade federal:

— Professora Luísa Berlis, obrigado por aceitar o nosso convite. Você poderia falar sobre os desdobramentos desse atentado com dezesseis corruptos terminados em dezesseis lugares diferentes do país?

— Bom dia, Lianna. O que vemos é que a progressão geométrica se cumpriu. As dezesseis terminações, se podemos falar assim, ocorreram conforme a previsão e o cálculo. Alcançou, tudo indica, simultaneamente os dezesseis corruptos onde estivessem, com precisão e pontualidade que assombra e impressiona.

A âncora a interrompeu, ficou em pé, aproximou-se da enorme tela, onde apareceu um repórter ao lado de uma senhora.

— Lianna, bom dia. Estou ao lado de sra. Isaura, esposa de um dos corruptos terminados hoje. Ela acabou de chegar ao lugar, onde morava com o deputado enforcado, mas informou que desde que começaram os atentados, ela saiu de casa e foi morar na rua com dois filhos. Abandonou a riqueza ilícita e se entregou ao desapego, vivendo de esmolas e dormindo em albergues.

A âncora, já sentada ao lado da convidada, comentou com ela:

— Professora Luísa Berlis, hoje recebemos mais relatos como esse da sra. Isaura. Os corruptos estão sendo abandonados por suas famílias, namoradas, amantes, amigos e até correligionários e comparsas. Isso, de certo modo, facilita a ação dos Terminais?

— Exatamente, Lianna. Tão logo os Terminais ganharam apoio da população e presença onipresente na mídia e nas redes sociais, de imediato as pessoas próximas aos corruptos os abandonaram. E não se afastaram apenas deles, mas abriram mão, devolveram tudo que tinham ganhado e comprado com o dinheiro sujo da corrupção. Estamos testemunhando casos de filhos devolverem lanchas, jatos, carros importados, joias, dinheiro... Os próprios corruptos, isolados e abandonados, fazem de tudo por uma cela apertada num presídio de segurança máxima e, mesmo depois de terem devolvido tudo o que roubaram, muitos deles foram alcançados pelos Terminais. Os corruptos estão sós, abandonados, evitados e isolados. Tampouco conseguem fugir do país. Seus nomes e fotos figuram em listas de restrição até em transporte por aplicativos. O medo é de que morram inocentes que estejam por perto quando um corrupto é terminado.

— Faz sentido — observou a âncora. — Quem vai ser maluco de viajar no mesmo avião com um corrupto?

O repórter, que também escutava a professora, entrou no ar com mais informações:

— Grupos nas redes sociais estão reunindo órfãos de corruptos. Muitos deles não sabem o que fazer na vida após o surgimento dos Terminais. Em alguns grupos relatam que se afastaram do pai, ou esposo, ou esposa, do avô, do filho, enfim, de seus parentes corruptos porque há anos sofriam com a conduta dos mesmos. O sofrimento se agravava nas festas, em especial no Natal, quando a árvore natalina, enorme, quase sumia no meio das pilhas de presentes que a riqueza ilícita possibilitava oferecer aos parentes. Sempre presentes ostensivos, como chaves de coberturas, viagens ao exterior nos melhores hotéis, diamantes, carros importados, contas polpudas e secretas em paraísos fiscais, nepotismo com cargos fantasmas e salários altíssimos etc. Nesses grupos tudo é relatado e comprovado com documentos, vídeos e áudios.

A tela no estúdio se divide e à direita tem início a reprodução de um vídeo registrando a festa de Natal na mansão da juíza Nobertina Fagus, denunciada várias vezes por venda de sentenças para corruptos. Ela, embriagada, taça com champanhe francesa à mão, discursava, enrolando um pouco a língua, enquanto distribuía os presentes que estavam ao pé da árvore. Ao pegar uma pequena caixa verde, com laço amarelo, tomada por um sentimento patriótico, cristão e de impunidade, encarou a filha que acabara de fazer dezoito anos. Com lágrimas nos olhos, entregou o presente depois de revelar que ele custou uma pesada sentença, que sofreu muito para vendê-la, que rezou muito e que Deus a perdoara, pois que mal fazia deixar solto um corrupto, que desviou verbas da merenda escolar, para poder agradar a sua única filha, pois amor de mãe é incondicional, mas a justiça não. Quando a filha abriu o presente e viu que era a chave de uma Lamborghini Aventador Roadster, sorriu para a mãe, que ainda acrescentou: "E não precisa tirar carteira de motorista. As ruas são suas, meu bem! Te amo". E fez um coração com os dedos da mão.

A âncora surgiu, sentada ao lado da convidada, perplexa com o que acabara de ver e escutar. Pegou um copo com água e tomou um gole. A professora fez o mesmo.

Depois de alguns segundos procurando ajeitar os pensamentos, a âncora comentou:

— Proliferam grupos nas redes sociais com milhares de pessoas que deserdaram os seus entes corruptos, seja por medo de terem o mesmo fim ou porque aplaudem as intenções e ações dos Terminais.

— Exatamente, Lianna — concordou a professora. — Os corruptos sempre arrastaram suas famílias e pessoas próximas para a corrupção. Ao longo de muitos anos, essas pessoas usufruíram todo o conforto e bem-estar que a riqueza ilícita proporcionava a gerações de famílias corruptas. Os vídeos e documentos que estão sendo divulgados nesses grupos, pelos próprios parentes, revelam como o país chegou a essa situação de abandono e miséria. Delações premiadas de operações antigas parecem contos de fadas perto do que está sendo revelado agora nas redes sociais.

93.

Rubem sentiu saudades da mãe e da irmã no interior e imaginou que elas estivessem sendo assediadas pela imprensa e atormentadas pela polícia.

Entrou na rede social e procurou pelo perfil da irmã, mas não o encontrou. Concluiu que ela se afastara da internet enquanto o irmão estava sumido e suspeito de integrar uma organização terrorista. A mãe certamente estaria sofrendo, mas se confortou com a esperança de que elas deveriam ter procurado algum parente distante no interior do estado e que estavam bem.

Pensou em Olion. Foi visitar o seu perfil. Sorriu ao ver uma sombra segurando o livro *A vida íntima de Laura* e teve a certeza de que aquela sombra era de sua vizinha e que os amigos estavam protegendo-a. Quase curtiu a postagem, mas não podia interagir nas redes sociais, apenas espiar, protegido pelo acesso anônimo.

Sentiu Emily perto dele, observando-o por trás.

— Saudades da mãe e da irmã — ele confessou, virando-se para ela.

Ela o abraçou e disse, com uma segurança que o deixou aliviado:

— Logo irá reencontrá-las.

— E você, Emily? A sua família, onde está?

— Não tenho.

— Todos têm, mesmo quando ela não está por perto.

— Eles morreram. Sou a única sobrevivente. Um acidente de carro. Perdi pai, mãe e irmão. Eu era pequena, oito anos, fiquei protegida pelas ferragens, quebrei apenas um braço, nada grave. Mostrou o braço que tinha a tatuagem da rosa no ombro.

— Lamento, Emily. — E a abraçou.

— O resto da família é de outro país, na Europa. Não sabiam o que fazer comigo e me entregaram para uma tia que morava no Rio de Janeiro. Ela era legal, ativista feminista, professora de literatura, vivia nas comunidades. Um dia ela me acordou. Era o meu aniversário. Disse que ia fazer um bolo gostoso e saiu para comprar os ingredientes. Nunca mais voltou. Eu nem sabia onde procurá-la. Tinha quinze anos. Esperei uma semana. Aí peguei a mala e vim pra São Paulo. Consegui um emprego de atendente em uma livraria, pois eu conhecia muito de literatura por causa da minha tia e sua biblioteca. Estudava de manhã. Sou formada em direito. Estava trabalhando num escritório de advocacia importante, que defendia corruptos, quando descobri a minha doença. Fiquei sem chão. Passei uma semana deprimida. Aí despertei num hospital com curativos nos pulsos.

Emily virou os braços e mostrou as cicatrizes ainda perceptíveis:

— Então resolvi fazer o tratamento, durante seis meses, mas... — Derramou duas lágrimas.

Ela pegou a mão de Rubem e o puxou para a cama. Pegou o seu sexo e o endureceu dentro de sua boca. Subiu sobre ele e se encaixaram.

Rubem, dentro dela, sussurrou em seu ouvido:

— Mas...

— Não há o que fazer, meu amor. O meu tempo é curto, muito curto, mas o seu pau é muito, muito grande! — E soltou um grito de felicidade.

94.

Depois do sexo, Emily adormeceu. Ela ficava fraca, cansada, mas cada vez se excitava mais e queria sexo todo o tempo que estava com Rubem. Ele a acompanhava e algumas vezes ela apagava, exausta.

Olhando-a, seu anjo adormecido, Rubem não conseguia imaginar a vida sem ela, fosse onde fosse, ali, escondido naquele loft, ou retornando ao seu mundo, ao seu apartamento. Talvez ela estivesse sendo preservada pela Ordem para não executar nenhum atentado. Era frágil, pequena, leve, fraca, não conseguiria dar conta de uma execução.

Lembrou-se do vidro no armário do banheiro, com a drágea preta. Foi até lá para ver, e ele estava lá, fechado, com a cápsula dentro. Pegou o vidro e o observou de perto. Ia abri-lo quando uma mão o tirou dele. Emily puxou Rubem e o beijou na boca.

— O que é? — ele perguntou, no meio do beijo.

— A última drágea que não tomei do tratamento — ela respondeu, também no meio do beijo.

Ela o arrastou para a sala e fizeram sexo no tapete. Quando terminaram, ainda deitados no chão, ela pegou o vidro e o levantou com a mão direita.

Rubem comentou:

— Como num livro, quando não queremos que a história acabe e paramos de ler antes de virar para a última página.

Emily virou-se para ele com lágrimas nos olhos e sorriu.

95.

Emily e Rubem não pararam o carro na entrada da mansão; ele foi identificado tão logo se aproximou do portão, e o porteiro os orientou para seguir em frente. Avançaram por uma rua larga que cortava o imenso jardim que rodeava a mansão. Passaram por dezenas de caminhões e vans estacionados ao longo da via esperando a vez para descarregar algum tipo de carga, que eles descobriram se tratar de inúmeras caixas de papelão, que vários homens uniformizados de um serviço terceirizado levavam para dentro de um salão de festas. E estavam com pressa.

No final da rua, um segurança escutou algo no radiocomunicador que segurava e apertou um botão no controle remoto que abriu o portão de uma enorme garagem subterrânea, vazia e escura, mas os faróis logo iluminaram uma porta de acesso. Emily, antes de descer do carro, fez alguns retoques na boca com batom e ajeitou a peruca ruiva. Sorriu para Rubem e o beijou. Ele vestia calça jeans, camisa preta de manga comprida e um blazer azul-índigo que ela lhe comprara.

Rubem confiava nela e a seguiu.

Depois da porta, uma escada com dois lances deu num corredor também escuro, que se iluminava com luzes automáticas conforme os sensores os detectava, mas Emily sabia o caminho. Entraram em um elevador privativo. Ela apertou o botão 3.

O elevador parou e abriu a porta para uma sala gigantesca, com janelas na parede ao norte descortinando uma vista deslumbrante da cidade à noite. Nas outras paredes, estantes com livros que subiam do chão ao teto, com o pé-direito chegando a cinco metros de altura, que permitiu a construção de um corredor estreito num mezanino em toda a sua extensão, acessado por uma escada caracol.

Rubem se viu diante de uma biblioteca magnífica, talvez trinta mil livros, estimou.

Um senhor elegante, vestindo smoking, sentado numa poltrona no aconchego dos livros, sorriu para eles e fez sinal com a mão direita para que se aproximassem. No braço esquerdo recebia alguma medicação intravenosa que já estava nas últimas gotas.

Ao se aproximar do homem, Rubem o reconheceu: era Vidal Vargas, jurista famoso, já aposentado, mas era tido como o advogado das causas perdidas em direito penal, constitucional e empresarial. Nunca foi derrotado em processo algum. Sua residência, mesmo depois de se aposentar, continuava frequentada por advogados, políticos, empresários, banqueiros, pastores, personalidades e autoridades envolvidas com corrupção, sua especialidade.

Vidal era simpático, tinha bom humor. Sua voz parecia tranquilizar qualquer pessoa diante do mais grave perigo ou ameaça. Sua agenda era concorrida, e ele não atendia mais que uma pessoa por semana. Era caríssimo.

Rubem desconfiou que algo aconteceria na biblioteca, pois dezenas de cadeiras ao redor de uma enorme mesa redonda estavam arranjadas como se aguardassem os convidados.

O jurista percebeu que o escritor ficou curioso.

— Rubem Glück, é um prazer conhecê-lo pessoalmente. Minha biblioteca, veja só, não abriga nenhum livro seu. Não é descaso nem tampouco alguma crítica. Trata-se de uma coleção de livros dedicada à filosofia, às ideias políticas e ao direito. Emily me contou que você escreve histórias juvenis, que leu os teus livros e que você inventa lugares imaginários. Ela confessou que gostaria de morar no prédio que não tem o décimo primeiro andar. Nunca a vi tão encantada. — E sorriu para ela.

Ele puxou a agulha da veia, desdobrou a manga, encarou o escritor com um sorriso amável e sincero, levantou a mão direita e a girou no ar, apontando as estantes ao seu redor. Confessou, com alguma derrota:

—Milhares de livros, escritor... Milhares, e nenhum inspira um mundo melhor que a ficção é capaz de criar. Nenhum! Os mundos idealizados se dissolvem na realização, logo na primeira hora. São corruptíveis. Tudo o que é ideal se desmancha no poder, perde o encanto. — E piscou para Emily.

Ele levantou-se, pegou o paletó, Emily o ajudou a vesti-lo.

— Ali — apontou os livros — estão todos os filósofos, pensadores. Todos! Aristóteles, Platão, Descartes, Nietzsche, Santo Agostinho, Hume, Wittgenstein, Santo Tomás de Aquino, Hegel, Kant...

— Engels e Marx — acrescentou Emily, sorrindo.

O jurista também sorriu, concordando com o olhar, e concluiu, com alguma esperança nas palavras:

— Mas seja qual for o caminho que um deles escolheu, um poeta já passou por ele antes...

A frase flutuou na biblioteca. Os livros suspiraram.

— Freud disse isso! — adivinhou o escritor.

O jurista piscou para Rubem. Depois, encarando a biblioteca com visível decepção, disse:

— Argumentos, Emily. Nada além de argumentos. Emerson já alertava: "Argumentos não convencem ninguém". É preciso "conquistar a hospitalidade da imaginação" das pessoas, disse um grande escritor, "simplesmente dizer, melhor ainda, insinuar, alcançar pela poesia, pela sugestão"... A ficção, escritor! Sim, a ficção!

O jurista abriu um sorriso e voltou a sentar-se na poltrona. Demonstrou que a saúde estava debilitada ao tossir, cobrindo a boca com um lenço preto, mas agradeceu, com um gesto da mão direita, a intenção de Rubem de se aproximar para ajudá-lo.

— Logo mais, escritor, trinta e dois convidados ocuparão cada cadeira nesta mesa. Já estão lá embaixo, aguardando. Escolher esses trinta e dois premiados foi uma tarefa árdua, quase impossível, pois centenas disputaram um lugar aqui, talvez milhares. — E sorriu, irônico e misterioso, como se guardasse um segredo precioso.

O jurista alcançou um controle remoto e ligou a TV posicionada num móvel atrás dele. Virou-se com algum esforço. Com o controle foi passeando com as câmeras que alcançavam os trinta e dois convidados aglomerados num amplo saguão com tapetes vermelhos e lustres de cristais. Estavam visivelmente impacientes, solitários, evitando rodas, olhares desconfiados.

— Trinta e dois corruptos dos piores, escritor. Os mais nojentos, os mais desprezíveis, os mais degradados, uma vergonhosa humilhação para a espécie humana.

Rubem reconheceu boa parte das pessoas que as câmeras capturavam. Vários políticos, incluindo vereadores, deputados, senadores, prefeitos, governadores, presidentes e líderes de partidos. Empresários, banqueiros e empreiteiros. Juristas, ministros e pastores. Estavam tensos, assustados, ansiosos. Em nenhum momento aquela aglomeração lembrava o que se via em festas passadas, a ostentação de poder, riqueza, obscenidade, impunidade e farra.

Os convidados nem podiam usar os seus celulares, que haviam sido confiscados na recepção depois de eles serem identificados na disputada lista. Em silêncio, desgarrados, aguardavam o momento do encontro.

O jurista mudou o canal na TV e sintonizou numa câmera que filmava o movimento no salão de festas. Os homens uniformizados iam e vinham dos caminhões e vans que paravam na entrada e descarregavam centenas de caixas de papelão. O jurista suspirou, com indisfarçável desprezo:

— Eu imaginava que fossem muitas, mas não tantas!

— O que tem nas caixas? — perguntou Rubem.

— Confissões, escritor. Milhões de páginas listando e detalhando bilhões desviados dos cofres públicos das mais variadas formas: dólar, euro, libra, ouro, diamante, propriedades... O céu não era o limite!

Ele mudou de imagem e surgiu o canal de notícias que nunca desliga. A âncora entrevistava um convidado enquanto na tela aparecia o escritor flagrado furtando um carrinho com produtos selecionados por outro cliente, mas, dessa vez, o vídeo revelava a dona do carrinho com os ingredientes para as bombas. E Emily surgiu, bela e frágil, segurando o cacho de bananas-da-terra.

Rubem e Emily se surpreenderam com as imagens.

— Era uma questão de tempo, Emily — comentou o jurista.

Ela concordou, sorriu, demonstrando alguma vitória.

— Mas será muito difícil encontrá-la — ele disse, acionando um vídeo que alguém fizera do loft em chamas.

Rubem encarou Emily. O jurista continuou:

— O loft não existe mais, tampouco o prédio. Vocês dois estão salvos.

— Salvos?! — Rubem não entendeu.

O jurista o encarou, amavelmente:

— Escritor, você vai criar uma história. Como já revelou Einstein, a imaginação é mais importante que o conhecimento. — E passou os olhos na biblioteca, sem disfarçar o desdém.

Virou-se para os dois:

— Borges dizia que tudo aquilo que merece a imortalidade encontra abrigo em um livro.

Rubem ficou feliz com a lembrança do escritor argentino, seu favorito. O jurista continuou:

— Os Terminais são efêmeros, fugazes, um sopro de justiça. Cada gesto de um Terminal tem a brevidade de um haicai. O permanente sofre uma repentina e inesperada mudança.

— Um livro?! — Rubem se empolgou.

96.

Quando estavam saindo da mansão do jurista, Rubem se deu conta de que não tinha para onde voltar, mas tinha com quem ir: Emily.

Ela dirigia. O carro atravessou a cidade. Por onde passavam, saltavam aos olhos os sinais de apoio aos Terminais: faixas, pichações, grafites, grupos em semáforos com cartazes e comemorando o fim da corrupção.

Na TV do carro, Emily sintonizou no canal de notícias que nunca desliga. Um analista político fazia um balanço dos últimos acontecimentos e seus desdobramentos. Na tela enorme no estúdio, gráficos e dados sobre a repercussão da ação dos Terminais na sociedade. A âncora, com uma mistura de perplexidade e felicidade, apontava uma espécie de contador na tela.

— O IBSC, Instituto Brasil Sem Corrupção, consórcio de veículos de imprensa, criou um aplicativo que em tempo real, conectado com o Ministério da Fazenda e o Banco Central, captura todos os dados sobre a devolução do dinheiro roubado pelos corruptos e converte em reais outras moedas, bens e riquezas: ouro, diamantes, títulos etc. Até agora, neste momento, pois no segundo seguinte já será outro número, os Terminais conseguiram resgatar aos cofres públicos cerca de vinte e dois trilhões, oitocentos bilhões e seiscentos milhões de reais. Mais de três vezes o PIB do país! Uma fortuna inimaginável que foi desviada dos cofres públicos, quer dizer, do povo, para os bolsos dos corruptos. Nosso repórter esteve hoje de manhã em um hospital público e vai contar o que está acontecendo lá.

Surgiu na tela o repórter Aldo Antunes andando por um corredor limpo, asséptico e bem iluminado. Ele parou diante de uma porta, bateu e alguém lá dentro o autorizou a entrar. No leito do quarto havia uma mulher amamentando um recém-nascido. Ao lado dela, felizes, outras duas crianças e o marido. O repórter leu o nome da bebê num quadrinho enfeitado e pendurado na porta:

— Tamara nasceu hoje, assim como muitas outras crianças que acabaram de vir ao mundo nesta maternidade pública. — E foi mostrando os enfeites de maternidade, com os nomes dos recém-nascidos pendurados nas portas dos apartamentos: Tadeu, Thais, Tales, Tainá, Teodora, Tobias... Então parou e orientou a câmera para filmar o corredor: — Vejam como estão as instalações e os cuidados agora e comparem com a situação de duas semanas atrás.

A tela se dividiu em duas partes: numa mostrava como a maternidade era; na outra, como estava atualmente. Antes, o corredor, por onde passou o repórter, estava com lâmpadas queimadas e falhando, chão sujo com restos de comidas, marmitex amassados, garrafas de plástico vazias. Em toda a sua extensão, nas paredes entre as portas, espalhavam-se muitas macas com grávidas, algumas chorando de dor, outras sendo banhadas e trocadas ali mesmo, amparadas e auxiliadas por parentes. Aquelas que já haviam parido, amamentavam seus bebês. Poucos médicos e enfermeiras se desdobravam, exaustos, para atender as pacientes. A correria era grande e a angústia maior ainda. A câmera voltou para o repórter e ele foi até a mulher que amamentava a bebê. Perguntou:

— Estão sendo bem tratados?

Ela sorriu, feliz, e desabafou, chorando, esfregando a palma da mão direita no olho para enxugar as lágrimas.

— Tive esses dois aqui neste hospital, no corredor. Nunca consegui um quarto, uma cama. Era na maca mesmo. Esse — apontou o menino mais alto — nasceu no inverno. Quase morremos de frio. Meu leite congelou e ele chorava de fome. Era meu bafo que aquecia ele.

— E agora?

— Ah, Tamara teve muita sorte. Nem parece hospital público! Tá tendo tratamento de princesa. Até fralda ela tem. E o almoço? Tem almoço, e com arroz tipo um! E para o acompanhante também, meu esposo. Tem até TV a cabo no quarto. Um sonho! Eu nunca tinha visto o canal de notícias que nunca desliga... Olha lá! A Tamara na TV!

A câmera focou o repórter, que estava feliz:

— E tem mais boas notícias, Lianna. Marina esteve na periferia, numa escola municipal, e vai contar o que encontrou lá.

Na tela surgiu a matéria da repórter, também num corredor, caminhando, espiando pelas janelinhas das portas das salas de aula, falando baixinho para não atrapalhar:

— Vejam... — A câmera mostrou o interior de uma sala de aula, cheia de alunos. Ela bateu na porta e entrou. Olhou para a lousa e comentou: — Aula de português?

A professora sorriu e falou:

— Sim. E todos estão fazendo uma redação, tema livre, mas a maioria escreveu como a escola ficou tão boa de uma semana para cá. Um sonho! Ontem eles receberam os livros e todo o material escolar, que é de qualidade. Nada de lápis que só quebra a ponta, caneta que falha e vaza, borracha que mais suja que apaga... Tudo de primeira. Não é, crianças?

Todos gritaram que sim, felizes.

— E uniforme no tamanho certo e que não pinica — gritou um menino, arrancando risada e aplauso do resto da turma.

A repórter fechou a porta e no corredor, falando baixo, visivelmente emocionada, encerrou a matéria:

— Esta escola mudou muito. Agora com muito mais recursos, ela tem ótimos professores, valorizados e motivados, que tornam as aulas tão atraentes que nenhum aluno quer perder. Eles lotam a escola com uma outra fome, a do conhecimento! Vale observar que a merenda escolar, que há semanas era a única refeição do dia para maioria dessas crianças e o principal motivo para a presença delas, agora é mais leve e saudável, um suco natural e biscoitos integrais, pois todos podem comer muito melhor em suas casas e até trazer bons lanches.

A âncora quase bateu palmas, feliz, e olhou para a câmera:

— As boas notícias não param! O repórter Rodrigo Laio está ao vivo em uma casa num bairro da periferia. Vamos ver o que ele encontrou.

O repórter apareceu na tela, ao lado de uma família sentada ao redor de uma mesa farta.

— Lianna, estou aqui na zona sul, na periferia da cidade, na casa da dona Guiomar, num jantar para toda a família, cerca de cinco pessoas: ela, o marido, dois filhos e a sogra.

A câmera passeou pela mesa, entre as comidas servidas, ao mesmo tempo que mostrava a felicidade no rosto das pessoas ao redor. O repórter sentou-se em uma cadeira ao lado da senhora que acabara de encher o prato de um dos filhos com arroz, feijão, bife, legumes e salada de alface.

— Muita fartura, dona Guiomar?

— Muita! E de uma hora pra outra! O Antônio, meu esposo, arrumou emprego e com bom salário. Tava há mais de ano sem encontrar vaga pra sua profissão de soldador. A gente vivia de bicos. Esses dois só comiam bem na escola. E olhe lá, quando tinha! Mas agora mudou. Veja esta mesa! Tem carne de primeira! Os dois agora levam lanche pra escola, muito melhor que a merenda. Até pão com salame, acredita? A gente agora vai ao supermercado e enche o carrinho pro mês todo. Um sonho!

O repórter, emocionado, abraçou a senhora, ficou de pé e olhou para a câmera:

— Lianna, agora vamos para outro bairro na periferia, zona norte, lado oposto da cidade, onde está ocorrendo uma manifestação na comunidade Solar.

Saiu o repórter da tela e surgiu o foco de luz de um helicóptero sobre uma grande concentração de pessoas. No meio delas, a repórter Vera Toss acenava com um chaveiro na mão, sorrindo. A tela se dividiu em duas. Enquanto uma continuava mostrando a multidão do alto do helicóptero, na outra estava a repórter, cercada de pessoas felizes.

— Lianna, estou aqui na comunidade Solar e está acontecendo uma grande festa, com muito carnaval...

— Estou vendo que todos seguram uma chave. É o que eu estou imaginando?

— Exatamente, Lianna. Todos agora têm empregos e podem comprar suas casas. Foi o que fizeram os moradores desta comunidade. Há dois meses o dono do terreno vinha tentando reintegrar a posse na Justiça, removê-los daqui. No entanto, com o surgimento dos Terminais, muitas riquezas se revelaram ilícitas. A do dono do terreno era uma delas.

— E onde está o dono? — quis saber a âncora.

A repórter olhou o celular e respondeu:

— Sua secretária acabou de me informar que ele está num jantar na mansão do jurista Vidal Vargas.

A multidão ao redor da repórter começou a gritar de felicidade e chacoalhar as chaves que seguravam.

— Ontem o dono do terreno veio aqui tentar doar o terreno para a comunidade, anular a reintegração de posse, implorar para que pegassem de volta, mas os moradores já estavam preparando suas mudanças. Compraram suas casas. Vão se mudar para lugares salubres, arborizados, com esgoto encanado, água na torneira, eletricidade, escola, saúde e transporte. Nunca mais querem viver ao lado de esgoto a céu aberto, perdendo todo ano, nas enchentes, o pouco que conseguiam juntar com muita dificuldade. E ainda ficarem abandonados à própria sorte e reféns do tráfico e do crime.

A câmera do helicóptero abriu e mostrou uma multidão dançando e cantando feliz, enquanto chacoalham chaves nas mãos com os braços para o alto.

A tela voltou a mostrar a âncora no estúdio, e ela, sentada numa poltrona, se virou para a convidada, professora Margarida Fuid. Bastou o seu olhar marejado para a professora de direito institucional comentar:

— Trilhões de reais estão sendo devolvidos aos cofres públicos e de forma quase "espontânea", pois os corruptos estão fazendo pessoalmente as transferências para as contas do governo. O medo de serem alcançados pelos Terminais foi o bastante para rapidamente se desfazerem de tudo o que roubaram e pilharam. O Brasil vive agora o que essa maternidade, essa escola pública, essa família e essa comunidade estão vivendo: o destino correto dos impostos, o investimento em educação, saúde, transporte, segurança, habitação, emprego digno, lazer etc. Muitas igrejas e templos estão fechando e dando lugar a teatros e cinemas.

A âncora não conseguiu conter as lágrimas. A professora continuou:

— E como todos os integrantes que estavam no atual governo, quando surgiram os Terminais, ou debandaram, ou foram terminados, ou estão implorando um lugar numa penitenciária, um comitê de notáveis da sociedade assumiu temporariamente o governo do país e a aplicação correta, imediata e urgente dos trilhões de reais que estão voltando aos cofres públicos, para a conta do povo, para suprir suas necessidades sociais.

A âncora teve que interromper a professora e chamou a repórter Carolina Deola, que estava num centro de ajuda em São Paulo.

— Lianna, estou num CA, Corruptos Anônimos. É a grande novidade nos últimos dias e virou uma febre no país.

Ela se aproximou de uma roda e sentou-se numa cadeira ao lado de uma jovem com cabelo preso, óculos, trajando um vestido preto.

— São corruptos que se arrependeram? — perguntou a âncora.

— Não, Lianna. São parentes de corruptos, muitos filhos e netos, e vieram para aprender a evitar a primeira corruptela. São pessoas aterrorizadas com a possibilidade de a corrupção ser uma doença de família, contagiante ou viciante. Querem se proteger, se vacinar, se prevenir, se tratar.

A jovem ao lado da repórter, envergonhada, cobriu parte do rosto com um lenço, mas deu o seu depoimento:

— O meu avô foi terminado. Eu não sabia que todo o luxo que tínhamos vinha da corrupção. Afinal, ele tentou várias vezes ser eleito, mas quando finalmente chegou ao poder, logo nas primeiras semanas o vi se tornar amigo íntimo de todos os corruptos que ele combatia antes, dando-lhe abraços afetuosos, convidando-os para churrascos e festas juninas, feliz da vida. Isso me decepcionou, e nunca mais votei nele.

A repórter então perguntou:

— E você está aqui com medo de que a corrupção de seu avô seja uma doença congênita?

A jovem, ainda com o rosto tapado, mostrando apenas os olhos, assentiu com a cabeça.

A tela voltou para o estúdio, e a âncora mais uma vez olhou para a convidada, que ficou com a mão no ar, mexendo levemente, procurando as palavras. Então ela comentou:

— Estou abismada com tudo o que vem acontecendo, quero dizer, as consequências, não... Enfim, as mudanças são extraordinárias para o bem-estar da população. Parece um milagre.

Rubem desligou a TV. Olhou para Emily. Ela sorriu e piscou para ele.

97.

Depois de uma espera tensa, que parecia interminável, os trinta e dois convidados subiram para o terceiro andar e entraram na biblioteca. Na enorme mesa redonda, diante de cada uma das trinta e duas cadeiras, havia uma pequena caixa, simples, feita em madeira rústica, com um fecho lacrado com cera, como nas cartas medievais, e o nome do convidado.

Vidal já estava sentado em sua cadeira, emoldurado pela imensa biblioteca, as estantes tomadas de livros em pé, a postos, quietos. Do outro lado da mesa, as janelas para a cidade acesa e indiferente àquela noite insólita.

Cada convidado sentou-se na cadeira que lhe estava reservada. Todos estavam silenciosos, ansiosos, nervosos. O olhar de cada um estava direcionado à caixa com o seu nome, que estava posicionada a trinta centímetros da borda da mesa, como se quem tivesse feito a arrumação tivesse usado uma régua milimétrica, tal era a precisão da posição de cada uma. Eles formavam um círculo ao redor da mesa, só interrompido no lugar de Vidal Vargas, que observava cada um deles.

Todos, em segredo, em inconfessável desejo, alimentavam a esperança de que o jurista teria a solução para suas vidas desgraçadas, amaldiçoadas e ameaçadas pelos Terminais. Estavam dispostos a confessar o que precisasse e revelar o que nenhuma delação premiada ousara denunciar. Todos ali já faziam uma ligação dos trinta e dois convidados à próxima fração da progressão geométrica dos Terminais. Cada um, com sua crença e fé, acreditava que o jurista, pela sua influência e excelência na jurisprudência criminal, encontrara a salvação para os corruptos arrependidos ali presentes, selecionados entre milhares país afora.

O olhar de Vidal circulou lentamente pela mesa, prendendo a respiração de cada um deles que os seus olhos fitavam.

Oito garçons entraram e distribuíram uma taça de champanhe para cada um.

O jurista levantou-se, e um silêncio de uma tonelada despencou sobre os convidados. Mal respiravam. Suavam.

Vidal, impassível, disse:

— Espero que todos tenham trazido as confissões dos seus crimes.

Todos, imediatamente, assentiram, como colegiais numa prova final. Vidal sorriu.

— O ex-presidente Napo...

Parou de falar, pois viu muitos dos presentes fazendo o sinal da cruz. Continuou, com visível constrangimento:

— Nesta minha deplorável, vil e abjeta existência profissional, ainda precisei viver para ver a vez dos porcos triunfarem. Quando eles chegaram ao poder, confesso que me empolguei, achei que finalmente me recolheria à minha sonhada aposentadoria, cercado de netos numa horta de tomates, me despedindo de crepúsculos numa varanda no meio do mato, ao som de cigarras e na companhia inseparável do meu bourbon.

O jurista continuou:

— Napoleão Selva esteve várias vezes aqui nesta biblioteca. Gostava de sentar-se nesta cadeira, mas sempre perto da janela, longe dos livros. — E apontou uma que estava à sua esquerda, onde o vereador mais votado nas últimas eleições estava sentado. Este ameaçou se levantar, mudar de lugar, mas o jurista o conteve: — Sem superstição, nobre vereador, por favor...

O vereador esboçou um sorriso nervoso sob o bigode espesso e preto tingido e voltou a se ajeitar na cadeira, mas não disfarçando que estava desconfortável.

— Lembro-me que perguntei duas vezes à secretária para me certificar se não estava ocorrendo algum engano. Mas ela confirmou, tão perplexa como eu, e logo a porta se abriu e o venerável Napo entrou. Essa visita ocorreu logo no primeiro mandato. Já no terceiro encontro, tornou-se impossível distinguir quem ele era.

Os convidados se entreolharam, resignados.

— Todos aqui sabem que sempre tive uma relação sincera e de confiança com os meus clientes. Sempre ouvi os mais cruéis, abomináveis e desumanos crimes com o dinheiro público sem me enojar nem me penitenciar. Sempre me vi como um limpador de privadas. Era assim que resolvia cada caso: puxando a porra da descarga.

Todos os convidados taparam seus narizes.

— Napo morreu pendurado numa janela, ao lado de seu algoz — disse o jurista, como se estivesse proferindo uma sentença irrevogável.

Todos na sala suspiraram e fizeram o sinal da cruz.

— Talvez Deus, em sua magnânima e infinita misericórdia, tenha permitido ao desgraçado rever toda a sua vida de filho da puta nos poucos segundos que a coleira precisou para apertar e estrangular o seu pescoço papudo e terminá-lo. Ou quando o Terminal lhe pendurou o colar no pescoço... O colar da morte.

Novamente todos na sala suspiraram e fizeram o sinal da cruz, mas dessa vez três deles vomitaram.

Vidal já segurava a taça, e o seu olhar percorreu o semblante desesperado e amedrontado de cada um dos convidados.

O cuco da biblioteca começou a badalar. Eram dez horas da noite.

— Senhores — concluiu Vidal — , levantarei um brinde. Suas taças estão cheias. Senhores, este é o meu brinde. À prosperidade!

Nenhum deles ousou não acompanhá-lo. Obedientes e silenciosos, beberam num só gole, mesmo os abstêmios.

— Podem abrir as caixinhas — pediu o jurista, sentando-se em sua cadeira.

Imediatamente todos abriram, rompendo o lacre, impacientes. De dentro de cada caixa, cada convidado tirou um colar com T.

98.

Layla deu ordens pelo rádio para ninguém entrar nem mexer em nada até ela chegar. A mansão do jurista estava isolada, e uma multidão de curiosos e repórteres se aglomerava ao redor. Dezenas de carros de emissoras de rádio e TV buscavam captar imagens além do isolamento. Helicópteros sobrevoavam a área, com refletores que fuçavam nas inúmeras janelas da mansão.

Layla chegou e avançou subindo os dez degraus da escada da entrada, atravessou o saguão com piso de mármore e tapete vermelho. Um policial apontou o elevador privativo e disse para apertar o 3.

Quando a porta abriu, ela avistou a imensa biblioteca, os milhares de livros quietos nas estantes, as trinta e duas poltronas, os trinta e dois corruptos sentados, sem vida, terminados, com espuma na boca, segurando o colar com o T nas mãos. Ela avançou pelos mortos e aproximou-se do jurista. A mesma espuma escorria de um sorriso.

— Contou? — perguntou para o policial que encontrou na biblioteca.

— Trinta e dois.

99.

No canal de notícias que nunca desliga, o envenenamento coletivo rendeu a maior audiência da história da televisão. Dessa vez, estavam com três convidados. Colocaram, ao vivo, uma entrevista com a agente Layla. A âncora perguntou:

— Agente Layla, você confirma que trinta e dois corruptos foram envenenados num encontro reservado na casa do jurista Vidal Vargas? E confirma que ele também morreu envenenado? Ele era um Terminal?

A investigadora esperou alguns segundos e disse:

— Positivo. Não restam dúvidas. Foi um envenenamento coletivo. O jurista, já temos provas, era um Terminal. O seu médico particular confirmou que ele tinha poucos meses de vida, por conta de um câncer no pâncreas e da metástase avançada. Também morreram do mesmo jeito os oito garçons que trabalharam no evento. Certamente eram Terminais; vamos investigar.

No estúdio, um convidado, professor de sociologia, pediu para falar:

— O curioso é que o Terminal desse atentado, o jurista Vidal Vargas, ao longo de sua vida, defendeu e colocou em liberdade centenas de corruptos. Nesses trinta e dois terminados, só de memória, posso identificar vinte e nove clientes assíduos dele. Algum tipo de arrependimento o inspirou a se tornar um Terminal.

A âncora olhou para a convidada à sua direita, uma psicóloga, que chegou a gaguejar no começo:

— Enfim... Enfim... Foi a forma que o jurista encontrou para se redimir de seus erros ao longo de sua trajetória profissional, embora famosa, nenhum pouco memorável, e usou o seu prestígio para atrair os trinta e dois corruptos, muitos que já foram ou ainda eram seus clientes.

Na tela grande no estúdio, as imagens mostravam os corruptos sendo enfiados em sacos de coleta que eram fechados com zíper e levados para vans do IML.

A âncora apareceu na tela, o olhar amendrontado, e lembrou algo terrível:

— 1, 2, 4, 8, 16, 32... 64.

100.

Emily abriu a janela do carro, tirou a peruca ruiva e a jogou às margens do rio Tietê. Rubem olhou para trás e viu o cabelo em chamas desaparecer na escuridão.

O carro seguia na rodovia para o interior. Emily sabia para onde estava indo. Rubem não, mas confiava nela e iria com ela, ficaria com ela, em qualquer lugar. Ele estava cansado. Ajeitou-se no banco e relaxou, quase adormecendo. Emily foi cantando uma canção francesa. De vez em quando olhava para Rubem e sorria. Estava feliz.

Quase três horas depois, chegaram a uma casa no alto de uma montanha, no meio do mato. Emily parou o carro, e um cachorro veio recepcioná-los. Ela saltou do carro para abraçar o cão, que começou a lambê-la. Rubem, que havia acordado, saiu do carro e sorriu ao ver Emily com o cachorro. Ela o apresentou:

— Este é Lupicínio.

Rubem então se deu conta que ele se parecia com o cachorro de suas histórias no prédio. Sorriu e se agachou para ganhar lambidas.

Ela levantou-se e pegou a mão de Rubem, puxando-o para entrar na casa, e foi contando:

— Eu o encontrei perdido na cidade, maltratado, com fome. Trouxe-o para cá e cuidei dele. Batizei com o nome do seu personagem. Ele gostou na hora.

Ela se soltou dele e correu para uma árvore no jardim. E a abraçou, como se fossem grandes amigas. Depois seguiu para a casa, que estava com a porta destrancada. Acendeu a luz da sala.

Rubem entrou e olhou para Emily, não disfarçando a sua surpresa:

— Você mora aqui?

— Um esconderijo, amor, que a Ordem providenciou para você escrever o livro. E para nós dois, para muitos dias e noites de amor. Ninguém nos encontrará aqui. Temos tudo o que precisamos para sobreviver por alguns meses...

Emily parou de falar repentinamente, olhou para a árvore lá fora, através da janela, e derramou duas lágrimas.

A *Iluminuras* dedica suas publicações à memória
de sua sócia Beatriz Costa [1957-2020] e a Alcides
Jorge Costa [1925-2016].

CADASTRO
ILUMI/URAS

Para receber informações
sobre nossos lançamentos e
promoções envie e-mail para:

cadastro@iluminuras.com.br

Este livro foi composto em *Scala* e terminou de
ser impresso nas oficinas da *Meta Brasil Gráfica*,
em Cotia, SP, sobre papel off-white 80g.